ars vivendi
Krimi

Jan Beinßen, Jahrgang 1965, lebt in Franken und hat zahlreiche Kriminalromane veröffentlicht. Bei ars vivendi erschienen neben seinen Paul-Flemming-Krimis u. a. auch der historische Kriminalroman *Görings Plan* (2014) sowie die Kurzkrimibände *Die toten Augen von Nürnberg* (2014) und *Tod auf Fränkisch* (2017).

Das Ungeheuer vom Brombachsee

»Je weniger wir Trugbilder bewundern,
desto mehr vermögen wir die Wahrheit aufzunehmen.«

Erasmus von Rotterdam

Es war ein Kampf auf Leben und Tod.

Noch schaffte sie es, sich an der Oberfläche zu halten, doch sie wurde schwächer. Das Ufer des Sees konnte nicht weit sein, aber sie hatte die Orientierung verloren, wusste nicht, in welche Richtung sie schwimmen sollte.

Es hatte einen heftigen Streit gegeben. Auf einem Boot. Ihr bester Freund war angegriffen worden. Sie wollte ihm helfen, aber sie hatte keine Chance und wurde über Bord geworfen. In die Nässe, wo sie um Luft ringen musste.

Sie fing an zu zittern. Lange würde sie nicht mehr durchhalten. Sie hatte kaum noch Kraft, doch der Überlebenswille hielt sie über Wasser. Sie musste das Ufer erreichen. Sie musste!

Sie versuchte schneller zu schwimmen. Sie gab ihr Bestes. Mit allen vier Läufen.

1

Wasser konnte ja so beruhigend sein! Paul Flemming hatte es sich auf einem Liegestuhl bequem gemacht, die Lehne leicht hochgestellt, den Blick auf die glitzernde Oberfläche des Sees gerichtet. Er fühlte sich vollkommen entspannt und ausgeglichen. Ein paar kleine Wellen klatschten gegen die Holzbalustrade, einige Wasservögel gaben vereinzelte Laute von sich, ansonsten blieb es wohltuend still.

Zumindest so lange, bis Pauls Smartphone zu bimmeln begann. Dummerweise lag es auf einem kleinen Tisch neben der Schiebetür. Zu weit weg, um das Gespräch anzunehmen, ohne dafür aufstehen zu müssen. Und Paul wollte nicht aufstehen. Nicht jetzt, da ihm die Morgensonne so angenehm ins Gesicht schien und er sich vorgenommen hatte, den lieben langen Tag nichts anderes zu tun, als hier zu verweilen und fünfe gerade sein zu lassen.

Doch wer auch immer am anderen Ende der Leitung sein mochte, war ziemlich penetrant und störte die Idylle. Ob es Victor Blohfeld war, der Polizeireporter, der ihn mal wieder für irgendeinen unterbezahlten Job als Aushilfszeitungsfotograf anheuern wollte? Oder Hannes Fink, Pfarrer von St. Sebald, der seinen Nachbarn schon jetzt vermisste? Wahrscheinlicher schien Paul, dass Hannah ihn zu erreichen versuchte: Seine Stieftochter hütete das Haus in Nürnberg und wollte sich womöglich über den leer geräumten Kühlschrank beschweren, den Paul ihr hinterlassen hatte. Wie auch immer: Am liebsten würde er mit niemandem von ihnen reden, denn die fünfzig Kilometer Abstand taten ihm gerade sehr gut.

Das Smartphone gab keine Ruhe. Unmutig schwang sich Paul vom Liegestuhl und schaute aufs Display.

Katinka – da musste er natürlich drangehen, wenn seine Frau sich meldete!

»Hallo, Paul, du lässt mich ja ganz schön warten. Warst du wohl schwimmen?«

»Noch habe ich mich nicht reingetraut«, antwortete Paul lachend und legte sich wieder hin. »Ich weiß nicht, ob das Wasser schon Badetemperatur erreicht hat.«

»Im Juni? Aber klar. Der Brombachsee ist ja nicht der Atlantische Ozean. Wie lebt es sich denn so auf dem Hausboot?«

Der Begriff traf es nicht ganz, fand Paul. Zwar hatte er sich wirklich auf einer Art Boot einquartiert, aber es würde niemals ablegen, sondern dümpelte fest vertäut an einem Pier, der weit in den See hineinreichte. Links und rechts neben der schwimmenden Behausung befanden sich weitere antriebslose Hausboote, jeweils ausgestattet mit Wohn-, Schlaf- und Waschräumen, Küchenzeile und heckseitiger Terrasse mit unverstelltem Meerblick. Oder vielmehr Seeblick. Dazu gab es sogar noch eine weitere Liegefläche auf dem Dach, beschattet von einem weißen Sonnensegel. *Schwimmende Stadt* nannte sich das Ensemble, das sich Katinka und Paul für einen Kurzurlaub in Heimatnähe ausgewählt hatten. Ein Urlaub, den Paul allerdings erst einmal allein hatte antreten müssen, da Katinka an einem Fortbildungsseminar teilnahm, dessen Termin sich nach hinten verschoben hatte.

»Wie läuft es in Wiesbaden?«, erkundigte er sich. »Konntest du dir einige Anregungen holen?«

»Anregungen? Wenn sich zwanzig Richter und Staatsanwälte treffen, gibt es vieles, aber sicher keine Anregungen.

Wie du dir vorstellen kannst, ist das hier eine ziemlich trockene Angelegenheit.«

Paul blinzelte in die Sonne. »Fast tust du mir leid. Aber nur fast. Ich habe vor deiner Abreise das Programm gelesen und das Tagungshotel gegoogelt. Allein schon die Speisekarte lässt darauf schließen, dass es euch bei dieser Schulung an nichts mangelt. Und die Wellnesslandschaft ist auch nicht von schlechten Eltern. Hast du dir schon eine Hotstone-Massage gegönnt und die Saunen ausprobiert?«

»Das ist keine Vergnügungsreise, Paul. Aber ja, in die Sauna gehe ich auf jeden Fall, die macht einen sehr guten Eindruck. Trotzdem wäre ich jetzt gern bei dir am Wasser. Am liebsten würde ich sofort in meinen Badeanzug schlüpfen.«

»Lieber nicht, sonst bekommen deine männlichen Kollegen Schnappatmung«, spaßte Paul und fügte ebenso scherzhaft hinzu: »Außerdem könnte es gefährlich sein, hier unbedacht ins Wasser zu hüpfen. Denn in den Tiefen des Brombachsees lauert angeblich ein blutrünstiges Ungeheuer.«

Katinka lachte. »Etwa das Ungeheuer vom Brombachsee? Eine Schwester von Nessie aus dem Loch Ness? Wie kommst du denn darauf?«

»Die Zeitungen hier sind voll davon, auch das lokale Radio hat es schon gebracht. Urlauber wollen eine Art große Seeschlange gesehen haben. Es gibt sogar ein unscharfes Foto von dem Ding auf Facebook. Die Presse hat es auf den Namen ›Brommi‹ getauft.«

»Brommi, die Seeschlange? Wenn, dann ist das doch höchstens ein Aal«, meinte Katinka lachend. »Obwohl ich nicht weiß, ob Aale im Brombachsee überhaupt vorkommen.«

Das wusste Paul auch nicht, so wie ihm allgemein wenig über seinen derzeitigen Urlaubsort bekannt war. Lediglich, dass es sich um einen künstlich angelegten Speichersee handelte. Aber sonst? Er nahm sich vor, seine Wissenslücken bald aufzufüllen und ein bisschen über das Fränkische Seenland nachzulesen.

»Also, gehst du jetzt eine Runde schwimmen oder kneifst du?«, spornte Katinka ihn an.

Gerade wollte Paul, der keine Lust zum Baden hatte, erneut auf das Wassermonster hinweisen, da nahm er ein hektisches Planschen wahr und richtete sich auf seiner Liege auf, sodass er über die Brüstung hinwegblicken konnte. Tatsächlich trieb da etwas auf sein Boot zu. Ein mittelgroßer Körper, bedeckt mit klatschnassem Fell.

»Moment mal«, sagte er. »Da ist wirklich irgendwas Komisches im Wasser.« Paul legte das Handy beiseite. Er beugte sich über die Balustrade und sah die Schnauze eines Hundes auftauchen. Als dieser seine dunklen Augen auf Paul richtete, gab er einige klägliche Wufflaute von sich und paddelte auf Paul zu.

Wie kam das Tier bloß hierher? Weit weg von Ufer und Strand, wo die Leute normalerweise ihre Vierbeiner zur Abkühlung ins Nass schickten? Egal! Jetzt brauchte der Hund erst einmal Hilfe, denn er hechelte bedenklich. Paul streckte sich nach unten, bekam das zottelige Fell zu fassen und hievte den Hund aufs Heck des Hausboots. Die Promenadenmischung in unterschiedlichen Brauntönen reichte Paul bis knapp über Kniehöhe und begann, kaum dass sie an Bord war, sich ausgiebig zu schütteln. Auf dem Deck verteilten sich neben unzähligen Tropfen Reste von Wasserpflanzen wie Schilf und Algen. Dann musterte der Hund Paul, schnüffelte an seinen Beinen und wedelte dabei mit dem Schwanz.

»Wer bist du denn?« Paul betrachtete das Tier ziemlich ratlos. »Und wo gehörst du hin?«

»Mit wem sprichst du da?«, kam Katinkas Stimme aus dem Smartphone.

Paul schnappte es sich und erklärte: »Du wirst es nicht glauben, aber ich habe gerade einen Hund in Seenot gerettet. Er muss irgendwo ins Wasser gefallen sein und hat wohl nicht wieder zurückgefunden.«

»Hund oder Hündin?«, wollte Katinka wissen.

»Äh, Augenblick ...« Paul sah näher hin. »Ich würde sagen: Hündin.«

»Muss ein Labrador sein, die gehen gern ins Wasser.«

»Keine Ahnung. Sind die nicht eher groß und kräftig? Außerdem scheint die Hündin froh darüber zu sein, dass sie nicht länger schwimmen muss.«

»Ist sie denn brav?«

»Gebissen hat sie mich zum Glück nicht. Ich glaube, sie ist dankbar, dass ich ihr geholfen habe. Sie wedelt die ganze Zeit.«

»Mmmm«, machte Katinka. »Was wirst du jetzt tun? Nach ihrem Besitzer suchen?«

»Das muss ja eigentlich jemand von einem der anderen Hausboote sein«, nahm Paul an. »Ich glaube nicht, dass die Hündin vom Ufer aus hierhergeschwommen ist, das wäre zu weit. Aber sicher bin ich da nicht.«

»Okay, dann lass dich nicht aufhalten. Viel Glück bei der Suche, und melde dich, wenn du das Herrchen oder Frauchen gefunden hast. Ich muss jetzt zurück in den Seminarraum.«

»Mache ich«, versprach Paul und legte auf. Er wandte sich wieder der Hündin zu und überlegte, wie er sie dazu bewegen konnte, ihn zu begleiten. »Komm mit!«, rief er schließlich einfach und ging voraus. Die Hündin folgte ohne jedes Zögern.

»Brav«, lobte Paul und kletterte über den schmalen Steg, der das Hausboot mit dem Anleger verband.

Paul sah sich um. Wo sollte er anfangen zu suchen? Die Saison war längst angelaufen, die Uferpromenade füllte sich von Tag zu Tag mit mehr Menschen. Sicher waren die meisten Betten in den kleinen Hotels und Pensionen rund um den See schon belegt, am Strand tauchten mehr und mehr Familien auf, auf dem Wasser wimmelte es von kleinen und größeren Segeln, und auch morgens, beim Semmelnholen, merkte Paul, dass die Zahl der Urlauber wuchs, denn die Schlange vor der Theke wurde länger. Unter all diesen Menschen die Hundehalterin oder den Hundehalter zu finden, glich der Suche nach der berühmten Nadel im Heuhaufen. Trotzdem wollte Paul nichts unversucht lassen.

Die Hündin lief ihm nach und hielt sich folgsam hinter ihm. Doch nur so lange, bis sie den Anleger erreichten. Nun begann sie zu bellen und rannte los.

Zwanzig Hausboote oder mehr lagen hier vertäut. Bis auf wenige Details glichen sie sich wie ein Ei dem anderem: elegant, in kubischer Bauweise, mit Planken aus hellem Holz vertäfelt, ausgestattet mit großen, bodentiefen Fenstern, die Terrassen am Heck und auf dem Oberdeck von Edelstahlgeländern umschlossen. Vielleicht hatte Paul ja Glück und die Hundehalter kamen tatsächlich von einem der anderen Boote aus der Nachbarschaft. Für eine Hundenase sollte es kein Problem sein, den richtigen Kahn zu finden. Paul wartete zunächst ab, welche Richtung die Hündin einschlug, dann ging er ihr nach.

Bei einem Hausboot am Ende des Kais blieb sie stehen und begann wieder zu kläffen. Da sie sich nun nicht mehr vom Fleck bewegte und weiter bellte, betrat Paul das fremde Boot und klopfte an die Scheibe der vorderen Schiebetür.

Nichts rührte sich. Unter lautstarker Anteilnahme der Hündin rief er mehrmals »Hallo!«, bevor er zum Schutz gegen das blendende Sonnenlicht die Hände an die Scheibe setzte und hineinspähte. Die Kabine wirkte bewohnt: Paul sah eine Strickjacke über einer Lehne hängen, Geschirr auf der Küchenzeile und eine Flasche Wein mit zwei Gläsern auf dem Tisch stehen.

Noch einmal machte sich Paul bemerkbar, indem er nach den Bewohnern rief – obwohl er sich das eigentlich hätte sparen können, denn die Hündin machte Krach genug. Dann, plötzlich, flitzte sie zur Flanke des Bootes, wo ein schmaler Gang zum Heck und zur hinteren Terrasse führte. Paul zögerte nicht lang und machte es ihr nach.

Leider war auch auf der Rückseite niemand zu sehen. Die Hündin schien darüber noch enttäuschter zu sein als Paul, denn anstatt weiter zu kläffen, ließ sie die Ohren hängen und winselte.

Paul tätschelte ihr Fell. »Nicht traurig sein, wir finden deine Besitzer schon noch«, sagte er, bevor sein Blick auf die Hecktür fiel. Sie stand halb offen.

Er steckte den Kopf in die Kabine und sah sich um. Wieder fiel ihm die Weinflasche auf. Nur zur Hälfte geleert. Auch eines der Gläser war noch fast voll. Seltsam, dachte er. Das sah nach einem überstürzten Aufbruch aus.

Inzwischen stand die Hündin dicht an der Bordwand, die Tatzen auf die Balustrade gelegt. Sie würde doch wohl nicht wieder ins Wasser springen?

»Halt!«, rief Paul, und da sie nicht reagierte: »Sitz! Platz! Aus!«

Paul versuchte die Hündin zurückzudrängen, als er auf ein ins Wasser hängendes Tau aufmerksam wurde, das an einer Klampe an der Bordwand befestigt war. Er setzte seine Hand an das Seil, woraufhin die Hündin auffordernd bellte.

Paul spürte einen Widerstand, und als er kräftiger zog, bewegte sich etwas dicht unter der Wasseroberfläche. Zunächst sah er nur einen dunklen Schatten, dann tauchte ein Bein auf – das Ende des Taus schlang sich um Fuß und Knöchel.

»Oh mein Gott«, entfuhr es Paul.

Behutsam und unter großer Anstrengung holte er das Seil weiter ein. Der Körper eines Mannes kam zum Vorschein. Kräftig gebaut, die Haare teilweise ergraut, am Hinterkopf eine Wunde.

Paul würde es nicht allein schaffen, den Mann aufs Deck zu hieven. Doch auch von hier aus konnte er sehen, dass jede Hilfe zu spät kam. Der Mann war tot, wahrscheinlich schon seit Stunden.

Die Hündin stieß ein jammervolles Jaulen aus.

*

Mit der Ruhe war es endgültig vorbei, als sich Rettungssanitäter, ein Notarzt sowie zwei Polizisten in Uniform und einer in Zivil auf der Bootsterrasse drängten. Hinzu kamen zwei Vertreter der Freiwilligen Feuerwehr, die den Leblosen aus dem Wasser gezogen hatten. Paul stand ganz am Rand an die großen Scheiben der Schiebetüren gelehnt und beobachtete das ihm bereits bekannte Prozedere, das sich vor seinen Augen abspielte; oft genug war er dabei gewesen, wenn sich ein Unglück ereignet hatte und die Rettungskräfte ihren Dienst taten. Die Hündin hatte er erst einmal im Hausboot eingesperrt; von drinnen hörte man ihr wehklagendes Winseln.

Wie nicht anders zu erwarten gewesen war, konnte dem Mann aus dem Wasser nicht mehr geholfen werden. Der Notarzt schüttelte nach kurzer Untersuchung nur noch den Kopf und unternahm nicht mal den Versuch einer Wiederbelebung. Gemeinsam mit dem grauhaarigen Zivilbeamten, der die Sechzig wohl schon überschritten hatte, beugte er sich über den Kopf des Toten und begutachtete die Wunde. Anschließend musterten sie das von der Schlinge umschlossene Bein. Vom Gespräch der beiden bekam Paul nichts mit, aber es dauerte nicht besonders lang, und wenig später füllte der Notarzt einen Papierbogen aus, den er dem Kriminaler reichte. Gleich darauf packten Notarzt und Sanis ihre Sachen zusammen und verließen das Deck.

Der Zivilpolizist, der sich Paul mit dem Namen Kilian vorgestellt hatte, kam auf ihn zu. »Wir haben ein Bestattungsinstitut informiert. Der Leichnam wird bald abgeholt. Die Kollegen der Schutzpolizei bleiben so lange hier. Sie können gehen, wenn Sie möchten. Ihre Kontaktdaten haben wir ja bereits, sollte es noch Nachfragen geben.«

»Er wird schon weggebracht?«, wunderte sich Paul, der ja reichlich Erfahrung mit den Abläufen an Tatorten besaß. »Muss denn nicht erst die Spurensicherung kommen?«

Kilian zeigte ihm ein schiefes Lächeln. »Wir haben es mit einem selbst verschuldeten Unfall zu tun, daran besteht kein Zweifel. Der Mann hat sich mit dem Fuß in einem der Taue verfangen, ist auf den feuchten Bodenplanken ausgerutscht und gestürzt. Mit dem Kopf schlug er gegen die Reling und fiel bewusstlos ins Wasser. So stellt sich der Ablauf dar. Da gehe ich mit dem Arzt d'accord.«

Paul staunte über die Gewissheit, mit der der Polizist seine Version des Geschehenen vortrug. »Wie können Sie das so genau sagen, ohne weitere Ermittlungen?«

Wieder präsentierte ihm Kilian sein lakonisches Lächeln. »Hören Sie: Ich bin seit sechsunddreißig Jahren beim Kriminaldauerdienst. Auch wenn das hier eine ländliche und überwiegend friedliche Gegend ist, bedeutet das nicht, dass wir keine Verbrechen kennen. Ich weiß, wann ich es mit einem zu tun habe. Das hier ist ganz bestimmt keines gewesen. Haben Sie eine Vorstellung davon, wie viele dumme Haushaltsunfälle es gibt, die tödlich enden?«

»Haushaltsunfall? Wir sind hier auf einem Boot«, entgegnete Paul.

»Das macht nicht wirklich einen Unterschied, oder?«, blieb der gesetzte Beamte ungerührt. Er hob den Arm und deutete in die Wohnkabine hinter sich, wo die halb geleerte Flasche Wein noch immer auf dem Tisch stand. »Auch das spricht gegen Fremdverschulden: Das Opfer hatte getrunken. Es fügt sich alles ins Gesamtbild.«

Paul räusperte sich, bevor er sein Unbehagen ausdrückte: »Bei allem Respekt, ich habe eine hohe Anerkennung für Ihren Beruf und würde mir nicht anmaßen zu behaupten, dass die Polizei die Dinge allgemein falsch einschätzt. Doch die Umstände dieses Todes kommen mir zumindest so ungewöhnlich vor, dass es wirklich schwer nachzuvollziehen ist, wie Sie mit derartiger Gewissheit Fremdverschulden ausschließen.«

Kilian bedachte ihn mit einem Blick, den er wahrscheinlich auch für einen gerade überführten Schwerverbrecher aufgesetzt hätte. Keine Frage: Dieser Mann konnte keine Kritik vertragen. »Noch einmal zum Mitschreiben: Haben Sie eine Ahnung, zu wie vielen Todesfällen mit unklarer

Ursache ich in meinem Berufsleben bereits gerufen worden bin? Das ist ein Tagesgeschäft, bei dem man lernt, einen Unfall von einem Totschlag oder Mord zu unterscheiden. Ich habe Erfahrung genug, um …« Er unterbrach sich selbst, winkte heftig ab und sagte patzig: »Bin ich Ihnen Rechenschaft schuldig? Nein.«

Von innen meldete sich die Hündin mit einem Jaulen. Die kleinen Tatzen kratzten unablässig am Türrahmen. »Was geschieht jetzt mit ihr?«, erkundigte sich Paul.

»Tierheim«, sagte Kilian ungerührt. »Wir veranlassen das.«

»Ist der Mann denn allein auf dem Boot gewesen, ohne seine Frau?«, wollte Paul wissen.

»Solo. Die Buchung lief nur über eine Person plus Haustier.« Kilian spähte kurz durch die Scheibe. »Was ist das eigentlich für ein Hund? Sieht ein bisschen nach Terrier aus.«

»Keine Ahnung, ich kenne mich nicht aus mit Hunden.«

»Ist ja auch egal.«

Paul sah in Kilians abgeklärtes Gesicht, dann in die traurigen dunklen Augen der Hündin. Spontan bot er an: »Ich kann mich darum kümmern. Der Verstorbene hat doch sicher Verwandte. Familie oder Freunde. Bis die informiert sind und die Hündin abholen, kann sie bei mir bleiben.«

Kilian neigte den Kopf. »Mmm«, machte er, zog den Ausweis des Toten aus seiner Tasche und las Namen und Adresse von dem Plastikkärtchen ab: »Uwe Herold, Jahrgang 1966. Registriert ist er in Düsseldorf. Verdammt weit weg. Kann eine Weile dauern, bis da wer aus NRW anreist, um den Köter zu holen. Wollen Sie sich das wirklich antun?«

»Ja«, sagte Paul bestimmt.

»Also gut«, stimmte Kilian ein. »Nehmen Sie sie mit. Wir geben den nächsten Angehörigen Bescheid, dass sie sich bei

Ihnen melden sollen.« Dann ließ er doch noch einen Hauch Empathie erkennen und fragte: »Wie werden Sie das Tier denn nennen? Der Name ist ja nicht bekannt.«

Wieder fiel Pauls Entscheidung impulsiv aus dem Bauch heraus: »Nessie.«

Als er das Boot verließ, kamen ihm bereits zwei Bestatter mit einem metallischen Sarg entgegen. Gleich dahinter wartete der Reinigungstrupp der Hausbootverwaltung. Es würde nicht lange dauern, dann wäre Herolds Feriendomizil blitzblank geputzt und jede Spur eines möglichen Verbrechens beseitigt.

*

Nessie ließ Kopf und Schwanz hängen, folgte aber brav ihrem Ersatzherrchen Paul, der sich in der überschaubaren Innenstadt nach einem Laden umsah, in dem er ein paar Dinge für sie kaufen konnte. Vor allem Futter schien ihm wichtig zu sein, vielleicht auch etwas zum Spielen. Dummerweise hatte er versäumt, im Hausboot des Besitzers danach zu suchen.

Mangels Alternativen wählte er ein Geschäft aus, in dessen Schaufenster hauptsächlich Freizeitartikel angepriesen wurden. Wer Schwimmflügel, Sonnencreme und Käppis verkaufte, führte sicher auch Haustierbedarf im Sortiment, überlegte Paul, denn viele Urlauber nahmen ihre Vierbeiner ja mit in den Urlaub oder ins lange Wochenende.

Tatsächlich wurde er bald fündig, obwohl es das verschachtelte Geschäft an Übersichtlichkeit missen ließ. Er stellte sich mit einem Beutel Trockenfutter und einem pinken Gummiknochen an die Kasse, wo ihm ein ziemlich grimmig wirkender Verkäufer die Ware abnahm und die Preise wortlos in eine alte Registrierkasse eingab. Der Mann strahlte so wenig Kundenfreundlichkeit aus wie der ganze Laden, und unwillkürlich zog Paul Vergleiche zu Ausflügen ins Allgäu und an den Starnberger See, wo der Tourismus eine ganz andere Dimension einnahm und sich das auch in den Stadtbildern und dem Servicegedanken der Einheimischen widerspiegelte. Ob dem Verkäufer das bewusst war?

»In der Eigenvermarktung des Seenlandes ist noch viel Luft nach oben«, äußerte Paul seine Gedanken, woraufhin ihn sein Gegenüber befremdet ansah. Paul erklärte: »Der Bekanntheitsgrad der Region ist ausbaufähig, obwohl es hier doch so schön ist.«

»Bitte?«

»Na ja, Sie sind hier inmitten einer attraktiven Urlaubsgegend, aber ich habe ein wenig den Eindruck, dass zu wenig daraus gemacht wird. Ich nehme an, wenn Sie als Seenländer mal selbst auf Reisen gingen, kämen Sie nicht auf die Idee, Ihre Herkunft zu nennen. Weil zum Beispiel ein Berliner nicht wüsste, woher Sie genau kommen. Im Gegensatz zum Tegernsee oder der Mecklenburgischen Seenplatte kennt den Brombachsee nämlich kein Mensch.«

»Ich verstehe nicht, was Sie mir sagen wollen«, sagte der Verkäufer und reichte Paul die Einkäufe über die Theke zurück.

»Das ist ein bisschen das Henne-Ei-Problem: Solange nur wenigen das Fränkische Seenland geläufig ist, sagt auswärts keiner, dass er von dort kommt, was dazu führt, dass weiterhin kaum einem außerhalb Frankens das Seenland ein Begriff ist. Dabei ist Bekanntheit doch das Wichtigste für den Tourismus und würde auch Ihren Umsatz erhöhen, oder?«

Aus dem Gesicht des Verkäufers sprach großes Unverständnis. »Die Leute hier möchten keine Nachteile durch zu viel Tourismus«, sagte er schmallippig. »Einen solchen Trubel wie am Königssee oder Bodensee, den will niemand von uns.«

Eine ältere Dame, die sich hinter Paul angestellt hatte und offenbar aus dem Ort kam, pflichtete dem Mann an der Kasse bei: »Da reichen schon die Tagesgäste aus Nürnberg, um manche Albträume zu erleben. Niemand hier braucht überfüllte Parkplätze, Staus und Drängeleien in den Gasthäusern.«

»Darum besser: nicht zu viel Werbung für die Seenplatte«, sagte der Verkäufer. »Schon gar nicht in Berlin. Die haben doch ihren Wannsee, da sollen sie ruhig bleiben. Mehr Gäste als jetzt wollen wir eigentlich nicht. – Sie kommen doch nicht etwa aus Berlin?«

»Nein. Nürnberg. Hört man das nicht?«

Die Frau hinter ihm tauschte einen vielsagenden Blick mit dem Verkäufer.

Jetzt wusste Paul, woran er war, und vergegenwärtigte sich wieder einmal den fundamentalen Unterschied zwischen seinen fränkischen Landsleuten, die das Gute lieber für sich behielten, und beispielsweise den selbstbewussten Bayern. Die vertraten ja ganz ernsthaft die Überzeugung, dass es sie zu etwas Besserem machte, weil sie aus Bayern kamen. Da war Paul das fränkische Understatement dann doch lieber.

2

Der Sonntag verwöhnte die Urlauber rund um den Brombachsee mit Wohlfühlwetter und angenehmen dreiundzwanzig Grad. Am Samstagnachmittag hatte Paul den Sack Hundefutter aus dem Dorfladen besorgt, außerdem den Hartgummiknochen, sollte es Nessie zu langweilig bei ihm werden. Leine und Halsband hatte er von Zivilpolizist Kilian bekommen, der diese im Nachlass des Toten gefunden hatte. Nun bereitete Paul das Frühstück auf der Terrasse vor, während Nessie neben ihm stand und ihn nicht aus den Augen ließ.

»Du musst fressen«, forderte Paul die Hündin auf, die den reichlich gefüllten Futternapf bisher nicht angerührt hatte. »Lecker, lecker. Sei brav und friss.«

Paul deckte den Tisch für zwei. Noch immer nicht für Katinka, sondern für eine kurzfristig angemeldete Besucherin: Jasmin Stahl wollte bei ihm vorbeischauen; gestern Abend hatte er die befreundete Oberkommissarin in Nürnberg angerufen und über den Todesfall informiert. Sie hatte zugestimmt, sich die Sache einmal anzusehen. Mehr noch lockte sie aber wohl die Aussicht, Pauls Hausboot zu besichtigen, und da sie sowieso ein verlängertes Wochenende und keine anderen Pläne hatte, kam die Zusage sehr schnell.

Jasmin trug weit fallende, knöchellange Leinenhosen, dazu eine ebenfalls luftige Bluse. Eine schicke Sonnenbrille steckte in ihrem welligen roten Haar. Sie begrüßten sich mit Wangenküsschen, gleich darauf wandte Jasmin sich Nessie zu.

»Was bist du denn für eine Feine?« Sie kniete sich neben die Hündin und wuschelte ihr durchs Fell. Nessie wedelte.

Bei Kaffee, Semmeln und Konfitüre erzählte Paul noch einmal ausführlich, was am Tag zuvor vorgefallen war.

Nachdem Jasmin geduldig zugehört hatte, legte sie das Messer beiseite und holte ihr Smartphone aus der Handtasche. Während sie tippte, stellte sie klar: »Damit du es weißt: Ich bin nicht im Dienst und rein privat hier. Das ist nicht meine Baustelle, und ich werde den Teufel tun, den Kollegen vor Ort ins Handwerk zu pfuschen, *capisce*?«

»Das hast du ja schon am Telefon deutlich gemacht. Trotzdem bist du gekommen, und ich würde gern hören, was du von dem Ganzen hältst.«

Inzwischen hatte Jasmin gefunden, was sie im Internet suchte. »Ein Uwe Herold ist in Düsseldorf mit einer Heilpraktikerpraxis registriert.« Sie hielt Paul das Handy hin, auf dem jetzt das Porträtbild eines Mannes zu sehen war. »Ist das der Typ?«

Paul nahm ihr das Smartphone ab und sah genau hin. »Na ja, als die ihn aus dem Wasser zogen, hat er nicht so nett gelächelt, und die Haare klebten ihm im Gesicht.«

»Ist er es oder nicht?«

»Ich denke schon«, sagte Paul und schob nach: »Ja, er ist es!«

Jasmin nahm das Handy wieder und tippte weiter darauf herum. Paul ließ sie machen und wartete.

»Die Bewertungen der Patienten gehen ziemlich auseinander«, wusste Jasmin ein paar Momente später. »Wie es aussieht, ist die Praxis stark esoterisch ausgerichtet. Nicht jedermanns Sache.«

»Was macht ein Düsseldorfer Esoteriker im Fränkischen Seenland?«

»Inspiration sammeln«, riet Jasmin. »Das Wasser, die Landschaft mit ihren verwunschenen Wäldern, die Geschichten von versunkenen Dörfern – das ist doch alles sehr anregend. Womöglich ließ sich Herold ganz auf den Zauber der Natur ein, dazu trank er munter Wein, und das Unheil nahm seinen Lauf.«

»Gut, das mag sein, dann hätte dein Kollege Kilian recht.«

»Na also.«

»Trotzdem passt etwas nicht ins Bild: Neben der Weinflasche standen zwei benutzte Gläser. An einem klebte Lippenstift, das habe ich genau gesehen. Aber gemeldet waren nur Uwe Herold und Nessie. Wer ist die Person gewesen, mit der er trank? Seine Frau? Doch weshalb steht sie nicht auf dem Meldebogen, und wo ist sie geblieben?«

Erneut tauchte Jasmin ins Internet ab und fand heraus, dass Herold seit einigen Jahren verwitwet war. »Seine eigene Frau kann es also nicht gewesen sein«, folgerte sie, ohne aufzublicken. »Huii!«, rief sie dann. »Ich bin hier auf eine Ankündigung gestoßen, wonach Herold in Kürze eine Dependance seiner Praxis am Brombachsee eröffnen wollte. Dann war es wohl gar kein Urlaubsaufenthalt, sondern eine Dienstreise.«

»Und die Frau mit dem Lippenstift ist womöglich eine Geschäftspartnerin«, schloss Paul.

»Oder er hat jemanden kennengelernt und sich ein bisschen Spaß gegönnt«, spekulierte Jasmin. »Egal. Die Adresse der neuen Praxis liegt ganz in der Nähe. Man könnte dort mal vorbeischauen und sich erkundigen, ob die Vermieter Herold persönlich kannten.«

Paul hob die Brauen. »Höre ich da richtig? Ich dachte, du wolltest dich nicht einmischen.«

Jasmin winkte ab. »Erstens bin ich auch ein klein wenig neugierig, weil mich dieser Esoterikaspekt stutzig macht, und zweitens würdest du mir ja sowieso keine Ruhe lassen.«

»Was lässt dich beim Thema Esoterik aufhorchen?«

»Esoterische Gruppen und sektenartige Gemeinschaften boomen, und oft werden die rat- und heilsuchenden Mitglieder in solchen Gruppen gezielt manipuliert. Das geschieht unter anderem durch ständige Grenzverletzungen und subtile Zwänge. Wer aussteigen will, wird teils massiv unter Druck gesetzt. Unsere Fachabteilungen, die sich mit so was befassen, wissen ein Lied davon zu singen.«

»Ist das nicht eine Verallgemeinerung, die einigen Unrecht tut?«

»Mag sein. Trotzdem war Kollege Kilian vielleicht etwas zu oberflächlich und voreilig mit seiner Unfallthese.«

Paul wähnte in ihr eine Verbündete, offiziell aber wollte Jasmin dem zuständigen Kollegen – noch – nicht in die Parade fahren. Esoterik und ein bisschen Lippenstift reichten dafür nun mal nicht aus.

»Zu dumm, dass du das Glas nicht an dich genommen hast. Sonst besäßen wir jetzt Fingerabdrücke und vielleicht sogar DNA.«

»Bitte? Mit welchem Recht hätte ich das tun sollen?«

»Du hast doch schon ganz andere Dinge getan, oder?«

Sie beschlossen, das Frühstück zu beenden und ihren Plan, die Adresse der Praxis aufzusuchen, gleich umzusetzen. Auch Nessie hatte inzwischen gefressen. »Klappt doch!«, lobte Paul, tätschelte ihr den Kopf und legte ihr die Leine an.

Gerade wollten sie aufbrechen, als ein weiterer Besucher an Deck kam: eine schlaksige Gestalt im speckigen Sommertrenchcoat, einen Fotoapparat von der Schulter baumelnd. Nessie ließ ein gefährliches Knurren hören.

»Blohfeld?«, riefen Paul und Jasmin wie aus einem Mund, beide wenig begeistert.

»Freut mich auch, Sie zu sehen«, grinste der Boulevardreporter sie an.

»Was machen Sie denn hier?«, fragte Paul, der sofort Rückschlüsse auf den Todesfall zog. Hatte Victor Blohfeld schon etwas davon mitbekommen?

Nein, ein anderes Thema hatte ihn offenbar bewogen, die Nürnberger Redaktion zu verlassen: »Ich bin auf Fotosafari und will das Ungeheuer vom Brombachsee vor die Linse kriegen. Haben Sie etwa noch nichts davon gehört? Brommi – das Internet ist voll von diesem Thema. Und weil ich weiß, dass Sie hier gerade urlauben, dachte ich, ich könnte mich ein paar Tage bei Ihnen einquartieren.« Seine Blicke streiften Jasmin, bevor er revidierte: »Ich wusste natürlich nicht, dass Sie schon einen Gast haben. Dann nehme ich mir wohl besser ein eigenes Hausboot. Ich will die Turteltäubchen ja nicht stören.«

Es ist nicht das, wonach es aussieht, wollte Paul sagen, verkniff es sich jedoch. Er musste sich vor dem Reporter nicht rechtfertigen. Und wenn Blohfeld ein eigenes Boot mietete, umso besser.

Schlimm genug, dass er überhaupt gekommen war. Paul sah seine erhoffte Erholung in weite Ferne rücken.

*

Die Adresse lag am Rande eines schönen, geheimnisvollen Mischwalds und führte sie zu einer Art kleinem Schlösschen. Die Sonne hatte den Mittagsstand erreicht und überschüttete den parkähnlichen Garten mit goldenem Glanz. Ein von Silberpappeln gesäumter Kiesweg schlängelte sich über eine smaragdgrüne Rasenfläche, die von einer vornehmen Ulme dominiert wurde. Das Herrenhaus selbst ließ Paul wegen seiner neoklassizistischen Fassade an ein Château denken, ergänzt durch einen pseudonormannischen Turm.

»Das hat etwas Märchenhaftes an sich«, meinte Jasmin, die nicht müde wurde, das verspielte Ensemble zu bestaunen.

»Ja, ich beginne zu begreifen, warum sich Herold gerade diese Immobilien ausgesucht hat«, bestätigte Paul, dessen Schritte den Kies knirschen ließen. An seiner Seite tapste Nessie. »Wie man auch immer zur Esoterik steht – an einem solchen Ort kann man sie bestimmt gut ausleben. Man spürt ja förmlich den Zauber, der von diesem Palast ausgeht.«

»Palästchen«, korrigierte Jasmin und stupste ihn an. »Siehst du den Typen dort hinten, den in den Reiterhosen?«

Paul folgte ihrem Fingerzeig: An einem Nebengebäude war ein Mann damit beschäftigt, eine Wand zu streichen. Warum er das im Reiterdress tat statt im Maleroutfit, blieb Paul zunächst ein Rätsel. Im Näherkommen erkannten sie, dass der Mann versuchte, einige Graffiti zu übertünchen. Seine energischen Bewegungen und die verbissene Miene sprachen dafür, dass er die Schmierereien so schnell wie möglich beseitigt wissen wollte. Paul überflog die aufgesprühten Parolen, die noch nicht unter frischer weißer Farbe verschwunden waren: *STOPPT DEN HOKUSPOKUS!*, *SCHARLATANE RAUS!* und *DEN SEKTEN KEINE CHANCE!* las er.

»Entschuldigen Sie bitte!«, rief Jasmin.

»Was?« Der Mann fuhr herum. »Das ist Privatgrund! Das Wegerecht für Wanderer gilt nicht für diesen Besitz. Haben Sie das Schild nicht gesehen?«

Paul hob die Hände. »Wir sind keine Wanderer. Sind Sie der Besitzer? Wir würden uns gern kurz mit Ihnen unterhalten.«

Zunächst sah es so aus, als würde der Zorn des Mannes überkochen, dann aber nahm er den Vierbeiner wahr, den er offensichtlich wiedererkannte. »Ist das nicht die Hündin von Herrn Herold?«, fragte er.

»Ja«, bestätigte Paul und registrierte, wie sich die Miene des anderen aufklarte.

»Dann kommen Sie also von Herold.« Der Mann legte die Malersachen beiseite und reichte Jasmin und Paul die Hand zum Gruß. »Schuberth«, stellte er sich vor. »Mathis Schuberth. Ich bin der Eigentümer. Hat Herold Sie geschickt?«

»Nicht direkt«, antwortete Paul und erkundigte sich gleich nach dem Geschmiere auf der Wand.

»Ach, das ist schnell übermalt, machen Sie sich darüber keine Gedanken.«

Paul nahm ihm die aufgesetzte Gelassenheit nicht ab. »Warum tut man so etwas und besprüht eine Wand?«, fragte er. »Was sollen diese Sprüche?«

»Die Angst vor Veränderungen«, antwortete Schuberth. »Die Leute hier sind sehr zurückhaltend, wenn es darum geht, Neues zu wagen. Alles soll beim Alten bleiben. Typisch fränkisch, aber man kann es damit auch übertreiben.«

»Sie meinen, da hat jemand etwas gegen die Eröffnung von Uwe Herolds Praxis?«, fragte Jasmin.

»Wie gesagt: Manche mögen es nicht, wenn jemand neue Wege beschreiten will. Der Protest gegen die Praxis bildet leider keine Ausnahme. Haben Sie die Diskussion um die Ansiedlung eines *Center Parcs* mitbekommen? Das hätte der Region einen enormen Schub gebracht, aber das Vorhaben wurde mit einem Bürgerentscheid abgeschmettert.«

»Diesen Sprayern ging es aber nicht um *Center Parcs*«, merkte Jasmin an und wies auf die noch lesbaren Parolen hin.

»Das ist wahr. Die Pläne von Herold schmecken einigen meiner werten Mitmenschen nicht.«

»Wie erklären Sie sich das?«, wollte Paul wissen.

Schuberth zögerte etwas, bevor er sagte: »Esoterisches Denken gilt für viele als irrationaler Mumpitz, als Aberglaube aus vormoderner Zeit. In einer entzauberten Welt gibt es keinen Platz für Engel, Geister und Magie.«

Dabei würde gerade dieses verwunschene Schlösschen ganz prima zu ein paar Geistern und ein bisschen Magie passen, dachte sich Paul. »Ich kenne mich nicht wirklich aus mit Esoterik, aber wenn den Leuten hier für Hokuspokus das Geld aus der Tasche gezogen werden soll, kann man den Unmut verstehen, oder?«

»Das sagen ausgerechnet Sie, der im Auftrag von Herrn Herold kommt? Ich muss mich schon sehr wundern.« Schuberth schüttelte den Kopf. »Ich selbst bin zwar vollkommen unesoterisch, wenn man das so ausdrücken kann, aber man darf das Esoterikbild auch nicht so arg vereinfachen. Schamanismus und so weiter ist das eine, aber hier geht es um eine Praxis für alternative Heilmethoden, so hat es mir Ihr Chef versichert, da fällt zum Beispiel Ayurveda und Naturheilkunde darunter. Nichts mit Zauberei.«

Paul machte sich seinen Reim auf das Gehörte: Entweder wollte Herold tatsächlich Gutes für seine Patienten tun und dabei auf Naturheilkunde setzen, oder er war ein übler

Blender gewesen, der kranken Menschen falsche Hoffnungen gab, was den Zorn der Protestler erklären würde. Schuberth schien selbst nicht ganz schlüssig zu sein – aber im Zweifel überwog wohl sein Geschäftssinn als Vermieter.

»Die Eröffnung der Praxis ist also gefährdet?«, fragte Paul, um ihn aus der Reserve zu locken.

Schuberth machte große Augen. »Aber nein!«, beteuerte er. »Alles wird genau so umgesetzt, wie mit Herrn Herold besprochen. Ich bin sicher, dass sich die Aufregung bald legt und die Hitzköpfe ihre Sprayflaschen zu Hause lassen, wenn die Praxis erst einmal etabliert ist. Sie können Herrn Herold ausrichten, dass alles in Ordnung geht.« Er nahm wieder den Pinsel auf und fuhr damit mehrmals über die Graffiti. »Von solchen kleinkarierten Idioten lassen wir uns nicht ins Bockshorn jagen.«

»Warum wollen Sie Ihr hübsches Haus überhaupt vermieten?«, interessierte sich Jasmin. »Ich würde es ganz bestimmt nicht hergeben, wenn es mir gehören würde.«

Schuberth erklärte, dass das Schlösschen nach dem Auszug der beiden erwachsenen Kinder für ihn und seine Frau einfach zu groß geworden sei und außerdem einen Haufen Unterhaltskosten verschlinge. »Es ist ja nicht so, dass wir es nötig hätten, aber die untere Etage steht quasi leer, und die Aussicht, dort eine Praxis für alternative Heilmethoden unterzubringen, schien uns eine gute Idee zu sein.« Er sah sie gewinnend an: »Richten Sie Herrn Herold bitte Grüße aus.«

Jasmin wechselte einen Blick mit Paul, der mit gedämpfter Stimme sagte: »Es tut mir leid, aber Herr Herold ist plötzlich verstorben.«

»Die Polizei geht von einem Unfall aus«, fügte Jasmin hinzu.

»Verstorben?« Schuberths Mund stand offen.

»Ganz sicher ist das mit dem Unfall nicht«, relativierte Paul und nickte mit dem Kopf in Richtung der Graffiti. »Die Leute, die dafür verantwortlich sind – denken Sie, die vergreifen sich auch an Menschen?«

Schuberth musste all das erst einmal verarbeiten und brauchte eine ganze Weile, bevor er eine Antwort fand: »Es steckt leider mehr hinter diesen Schmierereien als bloßer Protest. Herolds Praxis hat einige Gegner auf den Plan gerufen, die nicht gerade zimperlich sind.« Mittlerweile gebe es sogar eine Bürgerinitiative, manche der Aktivisten neigten zur Sachbeschädigung, wie man hier ja gut sehen könne, andere seien gewalttätig.

»Haben Sie das etwa auch schon am eigenen Leib zu spüren bekommen?«, fragte Jasmin.

»Ja«, bestätigte Schuberth, wobei sich sein Gesicht verfinsterte.

»Das heißt, Sie kennen diese Leute?«

Schuberth bejahte auch das und berichtete von einem »Zusammenstoß« zwischen ihm und »Aufrührer« Raphael Rupp: »Da hätte nicht viel gefehlt und er hätte mir eine verpasst.«

»Entschuldigen Sie uns bitte einen Moment«, sagte Paul und zog Jasmin beiseite. »Hast du das gehört? Ist das nicht eine Steilvorlage für die Polizei, um endlich mit dem Ermitteln anzufangen? Das ist ein glasklares Motiv, und noch dazu haben wir jetzt den Namen eines gewaltbereiten potenziellen Täters«, zischte er ihr zu.

»Mach mal langsam, Paul«, holte Jasmin ihn auf den Boden zurück. »Wenn jemand etwas gegen alternative Heilmethoden hat und ihm beim Protestieren das Temperament durchgeht, ist das noch immer meilenweit von

Mord und Totschlag entfernt. Du urteilst mal wieder viel zu voreilig.«

»Aber es ist doch sonnenklar, dass hier ein Zusammenhang bestehen muss!«

»Gar nichts ist klar«, gab Jasmin patzig zurück und wandte sich wieder Schuberth zu: »Haben Sie Anzeige erstattet?«

»Nein, es ist ja nichts passiert – bis jetzt.« Schuberths anfängliche Zurückhaltung kam wieder zum Vorschein, als er sagte: »Aber wenn Herold tot ist, kann er Sie beide nicht geschickt haben. Wer sind Sie und warum stellen Sie mir all diese Fragen? Ich habe Sie in der Gegend noch nie gesehen. Und wie kommen Sie an die Hündin?«

»Wir sind durch Zufall da hineingeraten«, antwortete Paul und schilderte in kurzen Worten, was sich zugetragen hatte. Jasmins Job ließ er unerwähnt, schließlich begleitete sie ihn ja nur privat. »Wie wird es jetzt weitergehen mit der geplanten Praxiseröffnung?«

Schuberth hob ratlos die Schultern. »Ich habe keine Ahnung. Da muss ich mich wohl mit Herolds Büro in Düsseldorf in Verbindung setzen. Die Verträge sind unterschrieben, aber nun steht natürlich alles infrage. Eine schlimme Sache.«

Meinte er damit Herolds Tod oder die Gefährdung des Mietvertrags? Paul konnte es aus Schuberths Worten nicht heraushören.

Gerade hatten sie sich verabschiedet, als Paul noch etwas einfiel: »Sie haben die Hündin wiedererkannt, Herr Schuberth. Sicher hatte Herr Herold sie bei den Vorgesprächen dabeigehabt. Wissen Sie zufällig, wie sie heißt?«

»Da kann ich Ihnen nicht helfen«, sagte Schuberth und tauchte die Malerrolle in den Farbeimer. »Mag sein, dass

Herr Herold die Hündin mal gerufen hat, als sie hier auf dem Anwesen waren. Aber ich habe nicht darauf geachtet. Tut mir leid.«

Schade, dachte Paul und fing den Blick seiner kleinen Begleiterin auf. Dann musste er sie wohl weiter Nessie rufen. Immerhin hörte sie inzwischen darauf.

»Wenn das für dich okay ist, hänge ich einen Tag dran«, überraschte Jasmin Paul auf dem Rückweg. »Morgen habe ich noch frei, es gefällt mir hier, und ich habe nichts Besseres vor.«

Nachdem sie sich von ihrem Dauerfreund, dem spleenigen Architekten, getrennt hatte, war sie niemandem mehr verpflichtet und blühte sichtlich auf.

»Natürlich schlafe ich auf dem Besuchersofa«, fügte sie mit einem Zwinkern hinzu. »Dein Hausboot hat doch eins, oder?«

Da sich Paul nicht auf Übernachtungsgäste eingestellt hatte, schlug er vor, gemeinsam fürs Abendessen einzukaufen. Jasmin stimmte gleich zu und meinte, dass es unbedingt etwas typisch Lokales sein sollte. »Was gibt es denn hier für Spezialitäten?«

Paul zuckte die Schultern. »Ich nehme an, die gleichen wie bei uns in Nürnberg: Bratwurst, Kraut ...«

Davon wollte Jasmin nichts hören, sondern plädierte für Fisch. »Wenn wir schon an einem See sind, dann will ich etwas essen, das Flossen hat.«

Im Örtchen Ramsberg, das auf dem Weg in Richtung Anlegestelle lag, wurden sie fündig und hatten die Qual der Wahl. Denn wie sie erfuhren, umfasste die Auswahl heimischer Arten so unterschiedliche Fische wie Schleie, Brachse, Barsch, Karpfen, Saibling, Bach- oder Regenbogenforelle – weit mehr Fischspezialitäten, als Paul erwartet hatte. Während er sich zunächst für Brachsenfilets aussprach, überzeugte ihn Jasmin vom heiß geräucherten Saibling. Dazu kaufte sie ein Töpfchen Meerrettichschaum und schlug Petersilienkartoffeln als Beilage vor. Plus grünen Salat.

Guter Dinge trugen sie ihre Einkäufe zum Boot – hatten die Rechnung aber ohne den Wirt gemacht: An die Reling gelehnt wartete Victor Blohfeld auf sie, sah die gut gefüllten Tüten und grinste sie breit an.

»Darf ich mich zum Essen einladen?«, fragte der Reporter frei heraus.

Paul fand das ziemlich dreist und überlegte ernsthaft, ob er ihm eine Absage erteilen sollte.

Doch Blohfeld setzte noch einen drauf: »Betrachten Sie mich als männliche Anstandsdame. Solange Ihre Frau noch nicht eingetroffen ist, übernehme ich es, Ihren Umgang zu überwachen.«

Jasmin, die wohl einen Eklat vermeiden wollte, stieß Paul an und nickte. »Unsere Einkäufe reichen locker für drei. Lassen wir ihn mitessen, ehe er weiter nervt«, tuschelte sie ihm zu.

*

Eigentlich hatte Katinka genug geschwitzt. Dicke Tropfen perlten ihr von der Stirn und suchten sich ihren Weg über Hautfalten und Speckpölsterchen bis aufs Frotteehandtuch, das sie unter sich ausgebreitet hatte. Doch die Sanduhr gab ihr zu verstehen, dass dieser Saunagang erst in fünf Minuten beendet sein würde. Vorher abzubrechen schied natürlich aus, das verstieß gegen die Saunistenehre. Außerdem würde Inge sonst über sie lästern. Mit Sprüchen übers Alter – von wegen, wenn man erst einmal die Fünfzig überschritten hätte, sei die Luft raus. Katinka war fest entschlossen, das Gegenteil unter Beweis zu stellen. Ausgerechnet Inge, ihres Zeichens Richterin am Oberlandesgericht Nürnberg, musste so etwas behaupten, wo sie doch sogar zwei Jahre älter war. Na ja, *behauptet* hatte sie es ja nicht wirklich, aber Katinka musste ihr Verhalten so auslegen.

Ein Schweißtropfen rann Katinka ins linke Auge. Sie versuchte ihn wegzuwischen. Als sie wieder aufsah, rieselten noch immer feine Sandkörnchen durchs Glas. Es blieben drei lange Minuten. Sie sah sich nach ihrer Bekannten um: Ebenfalls schon krebsrot, saß diese sprungbereit auf der untersten Stufe. Auch ihr schien es längst zu viel zu sein – aber ein frühzeitiges Aufgeben kam für die disziplinierte Inge genauso wenig infrage.

Schon als sie sich vor vielen Jahren kennengelernt hatten, ließ Inge keine Schwäche erkennen, wenn es um ihre Prozessführung ging. Dieses Verhalten setzte sich im gelegentlichen gemeinsamen »Kampfsaunieren« fort.

Der Wellnessbereich des Tagungshotels gehörte wirklich zu den besseren und bot den Gästen von der milden Biozelle bis zum knackig heißen Hüttenzauber die ganze Saunabandbreite. Tapfer hatten sie jeden Aufguss mitgenommen, der sich ihnen bot.

Der Besucher ihnen gegenüber war sogar noch härter im Nehmen: Dr. Gerstner aus Nürnberg, der als Dozent eingeladen worden war, hatte sich das Handtuch bis über den Kopf gezogen und ertrug in stoischer Ruhe die Wüstenhitze, ohne sich vom Fleck zu bewegen. Respekt, dachte Katinka, denn der Anwalt mit der stämmigen Statur hatte ja schon im Brutofen gesessen, als sie gekommen waren.

Als die letzten Körner durchs dünne Verbindungsrohr der Sanduhr fielen und Inge sich mit einem Stöhnen aufrichtete, rührte sich Gerstner noch immer nicht. Ob er eingeschlafen war? Sollte ja vorkommen. Inge, das Handtuch schon um Oberkörper und Hüfte geschwungen, legte die Hand auf den Türgriff.

»Kommst du?«, fragte sie.

»Ja, ja«, sagte Katinka, erhob sich ebenfalls und sah sich noch einmal nach dem einzigen anderen Gast in der 95-Grad-Sauna um. Spätestens jetzt, da sich die Frauen deutlich vernehmbar unterhalten hatten, hätte er ja wenigstens mal zucken müssen. Aber nein: Gerstner saß einfach so da, in der gleichen Haltung wie schon vor zehn Minuten, als sie sich zu ihm gesellt hatten. Wie lange wollte er sich dieser Hitze denn noch aussetzen?

»Katinka!« Inge drängte, denn es war an der Zeit für einen Abstecher zur Saunabar. Dort wollten sie sich als krönenden Abschluss des Schwitzmarathons eine Bloody Mary schmecken lassen.

»Augenblick«, sagte Katinka, der die Sache nicht geheuer war. Sie stellte sich neben Gerstner und hustete in ihre Faust. Keine Reaktion. Jetzt sprach sie ihn an: »Hallo?« Wieder nichts.

Katinka tauschte einen Blick mit Inge. Die wirkte unschlüssig. Das mochte an der Hitze liegen – auch Katinka fühlte sich wie benommen und war nur zu langsamen Bewegungen fähig. Trotzdem konnte sie nicht einfach hinausgehen und Gerstner wie einen Braten im eigenen Saft schmoren lassen.

Also versuchte sie es weiter, indem sie den Anwalt vorsichtig auf die Schulter tippte. Noch immer verharrte Gerstner wie ein Buddha in seiner Position. Abermals stieß sie ihn an, diesmal etwas kräftiger. Ganz langsam, dann etwas schneller kippte Gerstner zur Seite, traf auf der Holzpritsche auf, wurde vom Eigengewicht weiter nach unten gezogen und landete wie ein nasser Sack auf den steinernen Bodenfliesen. Im Fallen löste sich das Handtuch von seinem Kopf. Er war aufgedunsen, die Gesichtsfarbe schimmerte in einem ungesunden Violett. Die Augen waren aufgerissen und standen so weit hervor, als wollten sie aus den Höhlen springen.

»Igitt!«, entfuhr es Inge.

Auch Katinka trat erschrocken zurück. Es war ein entsetzlicher Anblick – und der erste Saunatote, den sie je zu Gesicht bekommen hatte.

*

Segler kehrten vom abendlichen Törn zurück, auf den Wellen funkelten die Lichtreflexe der letzten Sonnenstrahlen. Jasmin bereitete den Fisch zu, während Paul Kartoffeln schälte. Beim Kochen das Radio einzuschalten, darauf konnten sie verzichten, denn Blohfeld, der es sich in der Sitzecke gemütlich gemacht hatte, unterhielt sie mit den Ergebnissen seiner Recherchen über das angebliche Wassermonster.

»Loch Ness ist ein ehemaliges u-förmiges Gletschertal, fast vierzig Kilometer lang, schnurgerade und nur ungefähr eineinhalb Kilometer breit«, prahlte Blohfeld ungefragt mit seinem Wissen. »Dabei bringt es das schottische Gewässer aber auf beachtliche zweihundertdreißig Meter Tiefe, mit fast senkrecht abfallendem Ufer. Dank Nessie ist der See eine Touristenattraktion, die jeder kennt.«

Hündin Nessie spitzte die Ohren, als Blohfeld ihren neuen Namen nannte, und Paul setzte den Kartoffeltopf auf die Gasflamme.

»Der Brombachsee dagegen ist ein Stausee, erst im Jahr 2000 komplett geflutet«, fuhr der Reporter fort. »Er wurde erschaffen, um die Wasserknappheit in Franken zu beheben, denn es liegt eine Wasserscheide zwischen dem sehr wasserreichen Südbayern und dem trockenen Nordbayern. Über diese Wasserscheide wird nun Wasser gehoben, in den Brombachsee geleitet und von dort aus in den Main gespeist.«

»Soso«, sagte Paul, ohne richtig zuzuhören.

Blohfeld redete einfach weiter. »Der springende Punkt: Unser See ist knappe zwei Kilometer breit und fünf lang, aber im Mittel nur siebzehn Meter tief. Die tiefste Stelle liegt gerade mal bei siebenunddreißig Metern. Um ein einigermaßen großes Ungeheuer bei so einem flachen See zu rechtfertigen, müsste man bis ganz unten in die Trickkiste greifen: Zum Beispiel könnte nach der Flutung durch den Wasserdruck eine Verbindung zu einem riesigen unterirdischen Wasserreservoir geschaffen worden sein, in dem das Monster lebte. Das ist natürlich Quatsch, aber irgendein Argument muss man bringen, wenn man die Leserschaft überzeugen will.«

Das Essen war fertig, und der Fisch sah wirklich köstlich aus. Alle griffen zu, wobei sich Blohfeld das größte Filetstück sicherte.

»Das ist doch alles ein absolut lächerlicher Fake«, meinte Jasmin, nachdem sie die Hälfte ihrer Portion verspeist hatte. »Jemand versucht, dem Loch-Ness-Erfolg nachzueifern, indem ein Monster inszeniert wird. Es taucht rein zufällig nur nachts oder bei schlechtem Wetter auf, oder? Damit die Leute den Schwindel nicht so schnell durchschauen.«

»Aber wer hätte etwas von diesem Bluff?«, fragte Paul.

»Tourismusförderung?«, spekulierte Jasmin.

Paul winkte ab. »Nach meiner Erfahrung hält sich das Interesse der Einheimischen an mehr Tourismus in Grenzen. Denen reichen die Urlauber, die jetzt kommen, völlig aus.«

»Sagt wer?«

»Der Mann, bei dem ich das Hundefutter gekauft habe, und eine Kundin von ihm.«

»Das ist nicht aussagekräftig«, fand Jasmin. »Die Idee könnte zum Beispiel von einem Hotelier stammen, der kürzlich gebaut hat und unter Besucherflaute leidet. Mit der fränkischen Nessie will er weitere Gäste anziehen. Blohfeld hat ja gesagt, dass die schottische Nessie ein Publikumsmagnet ist. Warum also nicht auch Brommi?«

Paul begann, Gefallen an dieser Idee zu finden, denn auch er war ja der Meinung, dass aus dem Seenland marketingmäßig viel zu wenig gemacht wurde. »Man erhoffte sich anfangs ja große Einnahmen durch den Tourismus im Seenland, doch dieser blieb eher bescheiden. Nur in der Hauptsaison brummt der Fremdenverkehr so richtig, den Rest des Jahres herrscht Flaute. Auch die Anlegerplätze für Boote sind ja bei Weitem nicht so ausgelastet wie erwartet. Vielleicht hast du also recht, Jasmin, und Brommi ist ein geschickter PR-Trick.«

»Genauso gut kann es ein Scherz von Jugendlichen sein, und die Instagram-Bilder sind manipuliert«, suchte Jasmin nach einer weiteren Erklärung.

Wie auch immer. Der Bluff schien Wirkung zu zeigen, denn Brommi war in aller Munde. »Warum glauben die Menschen so einen Unsinn eigentlich, weshalb fallen so viele darauf rein?«, fragte Paul mehr sich selbst als die anderen.

»Weil wir das einfach wollen. Weil wir unzuverlässige, irrationale Wesen sind«, antwortete Blohfeld und machte eine weitschweifige Handbewegung. »Um noch mal auf die Original-Nessie zu kommen: Das berühmteste Foto von ihr stammt aus dem Jahr 1934, jeder kennt es. Man sieht den Hals und einen kleinen Kopf von irgendetwas auf einer verwaschenen Schwarz-Weiß-Aufnahme. Der Fotograf Robert Wilson war einerseits Colonel der Armee, andererseits Chirurg. Wäre er Alkoholiker und Landarbeiter gewesen, hätte er vermutlich für sehr viel weniger Menschen als vertrauenswürdige Quelle gegolten. Zu dieser Zeit wurde übrigens das Fossil eines Plesiosauriers entdeckt und füllte die Zeitungen von damals. Wenig überraschend, dass Nessie einem Plesiosaurier dann sehr ähnlich sah. Aus einem vermeintlich biologischen Phänomen wird so im Grunde ein soziales.«

»Oha, solch hochgeistige Worte ausgerechnet von Ihnen«, spottete Jasmin.

»Vielleicht handelt es sich bei dem wahren Ungeheuer vom Brombachsee ja gar nicht um ein prähistorisches Tier, ein zum Leben erwachtes Fabelwesen oder einen Lausbubenstreich«, meinte Paul, »sondern um den Mörder von Uwe Herold.«

»Sie meinen die Bestie in Menschengestalt.« Blohfeld belächelte ihn. »Dieses angebliche Verbrechen, dem Sie da nachgehen, ist noch unrealistischer als der Brommi-Hype.« Er kündigte an, für den besseren Verkauf seiner Zeitung vorerst daran festzuhalten, dass es ein Seemonster gab. »Und ich werde die nötigen Beweisfotos dafür liefern«, nahm er den Mund wieder einmal sehr voll. »Was gibt's übrigens zum Nachtisch?«

Seine selbst gewählte Rolle als Anstandsdame gab Blohfeld gegen elf auf und zog sich mit einem ausgeprägten Gähnen auf sein eigenes Boot zurück. Paul und Jasmin begleiteten ihn nach draußen und blieben danach noch eine Weile auf der Heckterrasse stehen, den Blick auf den nächtlich ruhigen See gerichtet. Die Luft war immer noch angenehm mild, die Wellen plätscherten unter ihren Füßen. Ab und zu huschten kleine schwarze Schatten dicht über die Wasseroberfläche: Fledermäuse.

»Vielleicht besteht ja ein Zusammenhang«, sagte Jasmin nach einigen Minuten des gemeinsamen Schweigens.

»Ein Zusammenhang zwischen den Monstergeschichten und Herolds Tod?«, fragte Paul.

Jasmin nickte. »Zwischen dem Todesfall, den angeblichen Sichtungen eines Ungetüms und den Schmierereien an der Hauswand von Mathis Schuberth. Vielleicht gibt es hier wirklich eine Front aus Alteingesessenen, die mit allen Mitteln ihre Ruhe verteidigen und alles Fremde fernhalten wollen.«

»Dann hätten sie sich mit dem Seeungeheuer aber einen Bärendienst erwiesen«, entgegnete Paul. »Denn die fränkische Nessie-Version wird eher für mehr als für weniger Zulauf sorgen, das hast du ja vorhin selbst gesagt.«

»Trotzdem werde ich das Gefühl nicht los, dass hier etwas nicht mit rechten Dingen zugeht – du hast mich angesteckt mit deinem Misstrauen.«

»Wirklich?«, freute sich Paul.

»Ja, ich glaube, du hattest mal wieder den richtigen Riecher.« Sie seufzte. »Wie auch immer: Es gibt nichts Greifbares, ich muss das alles den zuständigen Kollegen vor Ort überlassen. Und morgen, im Laufe des Tages, geht es für mich sowieso zurück nach Nürnberg.«

»Schade«, fand Paul. »Wirklich sehr schade. Aber wenn sich etwas tut, kann ich auf dich zählen, ja?«

Wie um Pauls Wunsch zu bekräftigen, stellte sich Nessie auf die Hinterbeine und setzte die Vorderläufe auf Jasmins Oberschenkel. Dazu gab sie ein aufforderndes Winseln von sich.

»Ja«, versprach Jasmin und tätschelte Nessies Schlappohren. »Ihr zwei könnt auf mich zählen.«

3

Das Telefon holte Paul am frühen Morgen aus den Träumen. Schlaftrunken tastete er danach. Es war die Polizei, die wegen Nessie anrief. Uwe Herolds Bruder Klaus sei inzwischen eingetroffen, und Paul solle sich mit ihm in Verbindung setzen, um die Übergabe der Hündin zu vereinbaren. Ein Dankeschön dafür, dass Paul sie zwischenzeitlich bei sich aufgenommen hatte, gab es nicht. Dafür bekam er die Mobilnummer von Klaus Herold.

»Wer war das denn? Kontrollanruf von Katinka?« Jasmin erschien neben Pauls Bett und rieb sich die Augen. Sie trug ein weit fallendes T-Shirt, das ihr bis knapp über die Knie reichte, das rote Haar war zerzaust. »Nicht gerade gemütlich, dein Schlafsofa.«

Paul klärte sie auf und fragte, ob sie ihn zum Treffen mit Klaus Herold begleiten wollte.

»Ach nein, lieber genieße ich ein bisschen die Aussicht auf den See und lege mich in die Sonne, bevor ich aufbreche.«

»Mmmh. Dein Interesse an dem Fall ist über Nacht ja ziemlich abgeklungen.«

»Ist es nicht, aber weil es nur bloße Vermutungen gibt, sehe ich wenig Chancen für uns.«

»Gestern Abend hat sich das noch anders angehört.«

»Gestern Abend hatte ich drei Gläser Wein intus.«

Paul tippte die ihm genannte Nummer ein und verabredete sich mit dem Bruder des Toten in einem Café am Ramsberger Strand.

Es überraschte Paul, wie viel schon am Vormittag los war: Der Strand, der mit Pudersand, schwimmenden Pontons und vorgelagerter Insel seinem Namen alle Ehre machte, zog junge und ältere Leute, Familien und Gruppen gleichermaßen an. Es gab einen Beachvolleyballplatz, Tischtennisplatten und sogar eine Bungee-Trampolin-Anlage.

Pauls Verabredung wartete vor einem Strandkiosk. Von der Statur her erinnerte Klaus Herold ihn sehr an dessen Bruder, und auch altersmäßig konnten sie nicht weit auseinanderliegen.

Paul brauchte sich nicht zu erkennen zu geben – das übernahm Nessie, die wedelnd an der Leine zog. Als sie Herold erreichten, beschnupperte sie ihn kurz, kehrte dann aber um und drückte sich eng an Pauls Seite.

»Flemming«, stellte Paul sich vor. »Wir hatten telefoniert.« Und an Nessie gerichtet: »Sei schön brav und geh zu ihm.«

Doch die Hündin dachte gar nicht daran, sondern versteckte sich hinter Pauls Beinen.

Klaus Herold, der im Gegensatz zu den anderen Strandbesuchern geschäftsmäßig angezogen war, senkte bedauernd die Brauen. »Diese Reaktion habe ich befürchtet, mein Verhältnis zu Vierbeinern ist nicht das Beste.«

»Oh«, sagte Paul und hielt ihm die Leine hin. »Aber Sie sind der nächste Angehörige, sie gehört jetzt Ihnen.«

Herold nahm die Leine entgegen, glücklich wirkte er dabei allerdings nicht. »Ich weiß wirklich nicht, was ich mit dem Hund meines Bruders anfangen soll.«

»Gibt es denn keine weiteren Verwandten, die eventuell Interesse an einer freundlichen, pflegeleichten Hundedame hätten?«

»Nein«, sagte Herold, »da fällt mir niemand ein. Uwe

war der einzige Hundenarr in der Familie.« Er bot Paul an, ihn zu einem Bistrotisch zu begleiten. »Darf ich Sie zu einem Cappuccino einladen?«

Paul sagte zu, und schon hielt er wieder die Leine, denn Herold brauchte beide Hände, um die Kaffeebecher zu holen. Nessie reagierte mit einem freundschaftlichen »Wuff«.

Herold und Paul kamen ins Gespräch, während im Hintergrund Frisbeescheiben flogen und vergnügte Kinder kreischten. Paul berichtete, wie es dazu gekommen war, dass er den Toten gefunden hatte, und sprach auch die Weinflasche mit den zwei Gläsern an.

»Ja, mein Bruder ist kein Kostverächter gewesen«, sagte Herold mit einem traurigen Schmunzeln. »Eine gute Flasche Wein konnte er nicht abschlagen.«

»Ich frage mich nur, mit wem er sie getrunken hat«, rätselte Paul. »Hatte er hier eine Bekannte oder Freundin?«

»Nicht, dass ich wüsste. Seit dem Tod von Gisela, Uwes Frau, hat es die eine oder andere weibliche Bekanntschaft gegeben, etwas Festes hat sich daraus aber nicht entwickelt.« Sein Bruder habe die letzten sieben Jahre mehr oder weniger allein gelebt.

»Auch auf dem Hausboot blieb er solo?«, hakte Paul nach und wies nochmals auf das zweite Glas hin.

»Jetzt verlangen Sie etwas viel von mir, finden Sie nicht auch? Ja, ich war sein Bruder, aber als erwachsener Mensch tauscht man sich doch nicht permanent aus, schon gar nicht über kurze Affären oder was man am Abend so gemacht hat. Aber soweit ich weiß, ist er zuletzt solo gewesen«, antwortete Herold. Das Boot habe dem Bruder vorwiegend als schwimmendes Büro gedient, von wo aus er die Eröffnung der neuen Praxis vorbereiten und den Umbau der Räume beaufsichtigen wollte. »Uwe hat das angenehmer empfunden als ein normales Hotel. Auch die Nähe zum Wasser hat ihm sehr zugesagt. Wissen Sie: Wasser ist ein unentbehrliches Lebenselixier. Mit seinem hohen H2O-Anteil ist der Mensch – kosmisch gesehen – dem Planeten Erde sehr ähnlich, denn auch der menschliche Körper besteht zu mehr als zwei Dritteln aus purem Wasser.«

»Sind Sie auch Esoteriker?«, schloss Paul aus dieser Betrachtung.

»Heilpraktiker. Mein Bruder und ich waren Kompagnons.« Uwe habe den Auftrag gehabt, die neue Zweigstelle einzurichten und Personal zu finden. Da das Waldschlösschen nicht weit von hier sei und man es bequem mit dem Fahrrad erreichen könne, sei das Hausboot auch praktisch gewesen. »Mein Bruder hat sich um den Umbau vor Ort kümmern wollen – nun bleibt das alles an mir hängen. Mir ist schleierhaft, wie ich das schaffen soll, denn wir haben ja unsere Hauptpraxis in Düsseldorf, und ich kann mich nicht zweiteilen. Außerdem ...«

»Ja?«, fragte Paul interessiert.

»... außerdem komme ich im Gegensatz zu Uwe nicht mit dem Fränkischen zurecht, manchmal verstehe ich kein Wort. Sorry, ich wollte Sie damit nicht beleidigen.«

»Schon gut. Mitunter ist es wirklich etwas schwierig, obwohl die Dialekte in Mittelfranken nichts gegen ein ausgeprägtes Oberpfälzisch sind. Da muss sogar ich manchmal passen.«

Nach dem letzten Schluck Cappuccino erkundigte sich Paul, ob sich Klaus Herolds Bruder in jüngster Zeit bedroht gefühlt habe.

»Nicht dass ich wüsste. Weshalb fragen Sie?«

Paul erzählte von den aufgesprühten Parolen und davon, was er von Schlossbesitzer Schuberth erfahren hatte.

»Ach, das meinen Sie.« Herold winkte ab. »Uwe hat diese Proteste zwar als geschäftsschädigend betrachtet, aber nicht persönlich genommen. Auf dem Land ticken die Leute nun mal anders und gehen oft schneller auf die Barrikaden als in Ballungsräumen, wo man in einigen Dingen liberaler ist, das ist Uwe bewusst gewesen, und er hat sich damit arrangiert.«

»Was meinen Sie: Wie konnte es dazu kommen, dass sich Ihr Bruder in der Leine verfing und ins Wasser stürzte?«, fragte Paul.

»Ich kann es mir eigentlich nur so erklären«, antwortete Herold und hob seine zum Kreis geschlossene rechte Hand an den Mund. »Uwe hat zwar einiges vertragen, aber vielleicht ist es diesmal doch ein Glas zu viel gewesen. Dazu der Ort, an dem es passierte: ein Boot. Die Planken draußen sind fast immer nass durch Spritzwasser. Und wenn dann noch ein Tau im Weg herumliegt ...«

»Die Weinflasche war nicht einmal zur Hälfte geleert«, merkte Paul an. Je öfter er sich über die Umstände des Todes Gedanken machte, desto eigenartiger kam es ihm vor, dass die Polizei so gar nicht reagierte. Aber mit diesem Gefühl stand er wohl allein.

»Sie wissen ja nicht, ob es die erste war«, entgegnete Herold. »Aber das alles muss nicht Ihre Sorge sein, Herr Flemming. Sie kannten meinen Bruder ja nicht einmal.«

Am Ende ihres Gesprächs klebte Nessie noch immer an Paul und winselte, weil sie wohl fürchtete, dass Klaus Herold sie mitnehmen würde. Dieser schaute gequält.

Höflich fragte er: »Könnten Sie sich vorstellen, sie zu behalten? Ich habe gerade so viel um die Ohren, da würde ein Tier nur stören. Ich kann jetzt wirklich keinen Hund gebrauchen, und bei Ihnen scheint sie sich ja wohlzufühlen.«

Paul schluckte. »Ich werde es mir überlegen«, sagte er und schlug als Kompromiss vor, sich in ein paar Tagen noch einmal zu treffen. »Bis dahin darf Nessie meinetwegen bei mir bleiben.«

»Nessie?«, fragte Herold verwundert.

»So habe ich sie getauft, weil ich ihren echten Namen nicht kenne.«

»Bella«, sagte Herold. »Uwes Hund heißt Bella.«

Bella – *die Schöne*. Hübsch war die Hündin ja wirklich, doch Paul entschied sich dafür, sie vorerst weiter bei ihrem neuen Namen zu rufen. Der passte irgendwie besser.

*

Victor Blohfeld musste in Vorleistung gehen, als er sich in einem Elektronikfachgeschäft eine Drohne kaufte – die einzige, die der kleine Laden führte. Er hoffte, sich das Geld später von seinem Verlag zurückholen zu können. Die Chancen standen gut, denn mit dem Ding konnte man nicht nur Fotos schießen, sondern auch filmen – wichtig für die Online-Kollegen, die ständig nach sogenannten Bewegtbildern gierten.

Zurück am See überflog er die Anleitung, setze den Akku ein und probierte die Fernbedienung aus. Es ging einfacher als erwartet, und kurz darauf hob die Drohne mit einem flirrenden Summton ab. Über den eingebauten Bildschirm im Controller, also der Fernsteuerung, konnte Blohfeld verfolgen, was die Kamera des Flugapparats vor den Sucher bekam. Zunächst viel Wasser, dann tauchte ein Mann auf einem SUP Board auf – er stand auf seinem Brett und bediente geschickt das Paddel. Anschließend kam ihm ein überladenes Gummiboot mit fünf Kindern vor die Linse, die sich gegenseitig herauszuschubsen versuchten. Blohfeld ließ die Drohne höher steigen, wodurch die unterschiedlichen Schattierungen des Sees zutage traten. Der Wechsel zwischen Hellblau, Dunkelblau und Grün resultierte wohl aus den unterschiedlichen Wassertiefen, nahm er an, vielleicht lag es auch am Bewuchs mit Algen.

Die Drohne zog ihre Kreise, erfasste mit ihrem Kameraauge zwei Schwimmer, ein weiteres kleines Boot und dann sogar einen Fischschwarm. Wenn er den Schwarm von hier oben sehen konnte, musste das doch auch mit dem Ungeheuer klappen!

Voller Elan setzte Blohfeld die Suche fort. Brommi aber ließ sich nicht blicken. Nach einer Viertelstunde verließ ihn die Lust, und er nahm sich vor, es in der Dämmerung zu versuchen, denn bekanntlich scheute das Ungeheuer das Tageslicht. Er lenkte die Drohne zurück zur Küste. Gerade überflog sie die ersten Hausboote, da stieß er einen Pfiff aus.

Blohfeld brachte die Drohne in einen Schwebezustand und zoomte näher heran. »Alter Falter!«, rief er und konnte die Augen kaum vom Bildschirm des Controllers lassen.

*

An einen normalen Seminarbetrieb war nicht mehr zu denken, fand Katinka, und trotzdem liefen die Kurse weiter. Der plötzliche Tod Dr. Gerstners hatte die Teilnehmerinnen und Teilnehmer erschüttert, vor allem Katinka und Inge, die mit dem Toten die Sauna geteilt hatten. Entsprechend gedrückt war die Stimmung.

Ein Notarzt hatte Kreislaufversagen als Todesursache attestiert, ganz wie von Katinka erwartet, denn der stark übergewichtige Anwalt war in ihren Augen geradezu prädestiniert für genau diese Todesart gewesen. Dass er ein Bewegungsmuffel gewesen war, konnte man ihm ebenso ansehen wie die Maßlosigkeit beim Essen. Hierbei handelte es sich um keine Unterstellung: Oft genug hatte Katinka Gerstner im *Goldenen Ritter* angetroffen und gestaunt, wie viel er sich bestellte. Nie ließ er auch nur einen kleinen Rest auf dem Teller zurück.

Dennoch tragisch, dachte Katinka, während sie die heutige Referentin an ihrem Flipchart ansah, ohne ihr zuzuhören. Schon seltsam, dass man einfach so zum normalen Seminarbetrieb überging.

Auch wenn Katinka keinen Zweifel an den Fähigkeiten des Notarztes hegte, meldeten sich leise Bedenken in ihrem Hinterkopf. Bedenken, ob nicht doch eine andere Todesursache vorliegen könnte. Denn sie hatte etwas mitbekommen, das sie im Nachhinein argwöhnisch stimmte.

Gerstner hatte das Zimmer neben ihrem bewohnt, und auch wenn die Wände nicht aus Pappe bestanden, konnte man deutlich hören, wenn jemand den Fernseher zu laut aufdrehte oder unter der Dusche stand. Deswegen war ihr auch nicht der Streit am Abend vor Gerstners Ableben entgangen: Der Anwalt, der wie Katinka in einem Einzelzimmer wohnte, hatte eine heftige Auseinandersetzung mit einer Frau gehabt. Worum es ging, konnte Katinka nicht verstehen und wollte es auch gar nicht. Da es sie nichts anging, hatte sie zunächst auch keine weiteren Gedanken daran verschwendet, um wen es sich bei der Frau handelte.

Jetzt sah das anders aus. Ein Disput in zeitlicher Nähe zu einem Todesfall – da musste Katinka einfach misstrauisch sein. Also überlegte sie fieberhaft, um wen es sich bei der Besucherin im Nachbarzimmer gehandelt haben könnte. Eine Teilnehmerin des Seminars? Da gab es neben Inge noch eine weitere Richterin, zwei Staatsanwaltskolleginnen und drei hoffnungsvolle Nachwuchskräfte, alle drei Assessor juris: Volljuristinnen mit der Befähigung zum Richteramt.

Da außer Katinka niemand sonst Verdacht geschöpft hatte, blieb sie wohl auf sich allein gestellt, wenn sie Nachforschungen anstellen wollte. Natürlich erwog sie, mit Paul darüber zu sprechen. Aber wie sie ihn kannte, würde er daraufhin überstürzt sein Hausboot verlassen, nach Wiesbaden eilen und hier alles durcheinanderbringen. Dann versuchte sie es doch lieber allein, zumal ja überhaupt nicht klar war, dass wirklich etwas nicht stimmte.

Als hätte er ihre Gedanken gelesen, erschien Pauls Nummer auf dem Display ihres Handys. Katinka hatte es auf lautlos geschaltet und nicht vor, das Gespräch anzunehmen. Nicht während des Seminars. Rasch ließ sie das Smartphone in die Handtasche gleiten.

*

Sie ging nicht dran. Paul würde nachher noch einmal versuchen, Katinka zu erreichen. Er steckte das Handy in die Hose, betrat den Steg mit den Hausbooten und spitzte die Ohren. Was war denn da los?

Aus der Ferne hörte es sich an wie ein handfester Ehekrach, und Paul überlegte, aus welchem der knapp zwanzig Hausboote das Geschrei wohl kommen mochte. Je näher er kam, desto deutlicher wurde, dass der Mordskrach auf seinem Deck ausgetragen wurde.

Die letzten Meter zur Anlegestelle rannte er und fand auf der Heckterrasse die wutschnaubende Jasmin zusammen mit Victor Blohfeld vor. Jasmin hatte sich ein Badehandtuch um den Körper geschlungen, das Gesicht rot wie eine Tomate. Der Reporter hatte eine Art Verteidigungshaltung eingenommen, ging leicht in die Knie und ballte die Fäuste.

»Hoho!«, rief Paul und stellte sich zwischen die Streithähne. »Was geht denn hier ab?«

»Dieser schmierige Lump hat mich heimlich gefilmt!«, schimpfte Jasmin und versuchte, an Paul vorbeizukommen. Doch der ließ sie nicht, was sie noch wütender machte. »Ich habe mich oben ohne gesonnt, und plötzlich summt es über mir. Der Kerl hat eine Drohne aufsteigen lassen. Spanner!«

»Die Drohne habe ich mir besorgt, um das Seeungeheuer aufzuspüren, und nicht für Sie«, rechtfertigte sich Blohfeld.

»Blöde Ausrede! Warum haben Sie das Ding dann direkt über mir fliegen lassen?«

»Ich bin noch nicht so geübt in der Steuerung«, behauptete Blohfeld. »Außerdem hatten Sie kein Recht, Ihre Dienstwaffe einzusetzen.«

»Du hast auf Blohfeld geschossen?«, fragte Paul Jasmin und riss erschrocken die Augen auf.

»Leider nicht. Ich habe nur die blöde Drohne vom Himmel geholt.«

»Und sie damit zerstört«, empörte sich Blohfeld. »Wissen Sie, was so ein Hochpräzisionsapparat kostet? Sie hätten nicht darauf zielen dürfen!«

»Und ob! In einem solchen Fall darf ich das sehr wohl«, wetterte Jasmin. »Ich muss über jeden abgegebenen Schuss ein Protokoll ausfüllen, und Sie dürfen mir glauben: Dieses Protokoll werde ich mit besonderer Freude schreiben.«

Bevor der Streit weiter eskalieren konnte, packte Paul ein paar süße Teilchen aus einer Tüte, die er unterwegs beim Bäcker gekauft hatte, und schlug vor, sie gemeinsam zu essen und dann das Kriegsbeil zu begraben.

Jasmin sträubte sich zunächst, doch als Paul auf den »Fall« Herold zu sprechen kam und vom Treffen mit dem Bruder berichtete, rückte Blohfelds Drohnenattacke ein wenig in den Hintergrund.

»Ich habe ein bisschen über Raphael Rupp recherchiert, diesen angeblichen Aufrührer«, sagte sie und biss in ein Quarkbällchen. »Mit deinen Sticheleien heute früh hast du nämlich meinen Ehrgeiz geweckt.«

»Und? Hast du etwas herausgefunden?«

»Es gab eine Festnahme wegen Körperverletzung. Er hat sich vor einem Jahr mit einem Bootsverleiher angelegt, der einen neuen Verleih am Brombachsee eröffnen wollte.«

»Dieser Raphael hat wohl was gegen Fremde«, nahm Paul an.

Jasmin zuckte die Achseln. »Oder er ist einfach nur ein Wichtigtuer, der sich aufspielen will. Da er nicht vorbestraft war, blieb es bei einem milden Urteil. Und ...« Sie wischte sich mit dem Handrücken den Zucker vom Mund. »Und ich weiß jetzt auch, wo man ihn wahrscheinlich antreffen kann. Hast du Interesse, Paul?«

»Na, sicher!«

»Raphael Rupp arbeitet im Hauptberuf in einem Kletterpark ganz in der Nähe.«

»Ein Aktivsportler also«, folgerte Paul.

»Genau. Weil das Klettern wie fast jeder Sport auch eine Leidenschaft von mir ist, habe ich beschlossen, dass ich doch noch ein bisschen länger bleibe. Wenigstens einen weiteren Tag konnte ich Schnelleisen aus den Rippen leiern.«

Hauptkommissar Winfried Schnelleisen war Jasmins direkter Vorgesetzter, und es freute Paul, dass sie so viel Einsatzfreude zeigte, die offenen Fragen um Herolds Tod zu beantworten.

»Wenn du also möchtest, begleite ich dich in den Kletterpark, damit wir diesem Raphael Rupp mal auf den Zahn fühlen können«, schlug Jasmin vor und ergänzte mit einem vernichtenden Blick auf Blohfeld: »Vielleicht möchten Sie sich uns anschließen? Ich kann aber nicht dafür garantieren, dass niemand Ihren Haltegurt löst, wenn Sie gerade durch eine Baumkrone balancieren.«

Blohfeld tat so, als hätte er diese Spitze überhört, und richtete sich an Paul: »Bevor Sie gehen: Ich brauche Ihre Kamera.«

»Wofür?«

»Die Drohne ist womöglich ein Irrweg gewesen, die Geräusche könnten Brommi verscheuchen. Deswegen will ich es als Nächstes aus der Distanz mit Ihrem Teleobjektiv versuchen. Sie haben bestimmt ein besseres als ich, und um das Seeungeheuer zu erwischen, benötige ich eines mit besonders großer Brennweite.«

»Dreihundert Millimeter, mehr kann ich Ihnen nicht anbieten. Was Größeres liegt bei mir im Atelier in Nürnberg.«

»Besser als nichts.«

»Meinetwegen«, rang sich Paul durch. Dann fiel sein Blick auf Nessie. »Aber dafür möchte ich, dass Sie auf die Hündin aufpassen. Zum Klettern können wir sie ja schlecht mitnehmen.«

Blohfeld ließ die Schultern hängen. »Ich hab's nicht so mit Haustieren. Kenne mich da überhaupt nicht aus.«

»Dann lernen Sie's«, sagte Jasmin und stupste Paul an. »Auf geht's!«

*

Jasmin und Paul meldeten sich an der Kasse des Kletterparks an und zahlten für eine Stunde. Zur Einweisung wurden sie zu einer Blockhütte weitergeschickt – und hatten Glück: Der athletische Mittdreißiger mit welligem Blondhaar und braun gebrannter Haut, der ihnen Sicherheitsgeschirr, Handschuhe und Helme reichte, trug ein Namensschild, das ihn als Raphael auswies. Es würde hier wohl nur einen Mitarbeiter mit diesem Namen geben, nahm Paul an.

Er wusste, dass Jasmin schon öfter Kletterparks besucht hatte. Indem sie sich beim Anlegen der Gurte trotzdem so anstellte und alles verkehrt machte, verfolgte sie offenkundig ein Ziel: Sie wollte Zeit gewinnen, um ihre Fragen einzustreuen, während der ahnungslose Trainer die Schlaufen sortierte.

»Ganz ungefährlich ist ein Hochseilgarten ja nicht«, meinte Jasmin. »Wie weit oben ist man denn?«

»Sie sind im gesamten Parcours gesichert«, erklärte Raphael. »Da kann nichts passieren. Und Sie bekommen vorher eine Einweisung: Da üben wir am Boden, wie Sie die Karabiner und Rollen einsetzen.«

Wie Jasmin und Paul erfuhren, wurde in den meisten Kletterparks ein Komplett- oder Kombigurt verwendet, eine Kombination aus Hüft- und Brustgurt, die verhinderte, dass die Kletterer bei einem unverhofften Sturz nach hinten wegkippten. Außerdem gab es Handschuhe und Helme.

»Trotzdem ganz schön aufregend«, mimte Jasmin die Ängstliche. »Einen Absturz von da oben überlebt man bestimmt nicht.«

»Man kann auch ums Leben kommen, ohne auf einen Baum zu steigen«, nahm Paul das Stichwort auf und wandte sich an Raphael: »Haben Sie das von dem Mann auf dem Hausboot gehört, der gestürzt und ertrunken ist?«

Paul spürte, wie Raphael seinen Gurt mit einem kräftigen Ruck nachzog. »Ja, stand in der Zeitung. Aber wie gesagt: Sicherheit geht bei uns vor, Sie brauchen sich keine Sorgen zu machen.«

»Der Tote vom Hausboot hieß Herold«, brachte sich Jasmin wieder ein. »Er soll sich schon vor einer ganzen Weile auf dem Kahn eingemietet haben. Ist er auch mal zum Klettern hier gewesen?«

Raphael sah kurz von den Karabinern auf, die er an ihrem Geschirr überprüfte. »Herold? Nein, ich glaube nicht, dass ihm das gelegen hätte.«

»Ach, Sie kannten ihn?«, gab sich Jasmin überrascht.

»Was man eben so kennen nennt.«

»Ich bewohne auch eines der Hausboote«, sagte Paul. »Daher geht mir sein Tod recht nahe. Herold wollte sich in der Gegend niederlassen und eine Praxis eröffnen. Wussten Sie davon?«

Raphael hörte damit auf, sich mit dem Klettergeschirr zu befassen, und trat einen Schritt zurück. »Ja, ich weiß von der Praxis für alternative Heilkunde.«

»So wie Sie das sagen, klingt es nicht begeistert«, meinte Paul.

»Muss man sich für alles begeistern?«

»Nein, natürlich nicht. Aber interessieren würde mich schon, was Sie darüber denken.«

»Sie sind ein Nachbar von Herold gewesen?«, vergewisserte sich Raphael.

»Ja, mein schwimmendes Gästehaus liegt quasi gleich neben seinem.«

»Gut, dann will ich Ihnen sagen, was ich denke und weshalb ich nicht gerade angetan war von Herolds Ideen: Ich habe überhaupt nichts gegen neue Ansätze in der Medizin, und wie Sie sehen, lebe ich im Einklang mit der Natur. Für jemanden wie mich, der den ganzen Tag im Wald verbringt, ist das doch ganz normal. Aber diese Herold-Brüder sind ein ganz anderes Kaliber: Da geht es nicht um Gesundheit von Körper und Geist, sondern um Abhängigkeiten. Haben Sie mal gelesen, was über deren sektenartige Strukturen alles geschrieben wird?«, ereiferte sich Raphael. »Die gaukeln den Leuten etwas vor und zocken sie ab, das ist deren Geschäftsmodell, und dagegen müssen wir uns wehren.«

»Sich wehren – das klingt martialisch«, fand Jasmin. »Was genau hatten Sie denn vor?«

Raphael zuckte kurz. »Wehren mit Worten«, stellte er klar. »Indem ich Gespräche führe, wie jetzt mit Ihnen. Wir wollen Bewusstsein schaffen, dann können sich die Leute selbst ihre Meinung bilden.«

»Hatten Sie keine Sorge, dass Herold Sie wegen übler Nachrede anzeigt?«

»Das kann er nun ja nicht mehr.«

»Aber sein Bruder könnte es«, meinte Paul.

Raphael verzog den Mund. »Soll er es nur versuchen. Ich lasse mir den Mund nicht verbieten.« Er pustete Luft aus. »Andererseits mache ich mir keine Illusionen, denn selbst wenn die Herolds ihr Projekt aufgeben, werden wahrscheinlich andere nachkommen, um meine Mitmenschen am schönen Brombachsee für dumm zu verkaufen.«

»Ich glaube kaum, dass Herold seine Patienten hier aus der Gegend gewinnen wollte, sondern eher auf Kunden aus München, Ingolstadt oder Nürnberg abzielte«, sagte Paul. »Die würden sich in der idyllischen Umgebung sicher wohl fühlen, zumal es hier ja noch nicht so überlaufen ist wie andernorts.«

»Das macht es nicht besser«, hielt Raphael entgegen und hantierte wieder am Sicherheitsgeschirr herum. Das von Paul zog er so fest, dass dieser kaum noch Luft kriegte.

Während Raphael als Nächstes Jasmins Geschirr überprüfte, überlegte Paul, dass er es dem impulsiven und zupackenden jungen Mann durchaus zutraute, Herold in der Hitze des Gefechts ermordet zu haben, um anschließend zu versuchen, es wie einen Unfall aussehen zu lassen.

Zugegeben: Dieser Gedanke war ziemlich weit hergeholt, dachte Paul in der nächsten Sekunde. Außerdem hatte Raphael sein mögliches Motiv gerade eben selbst entkräftet, indem er sagte, dass bald andere Kurpfuscher nachrücken würden. Umso zwingender fand es Paul, die Identität der letzten Besucherin an Bord von Herolds Boot zu klären.

Doch nun müssten sie erst einmal klettern, wenn sie glaubwürdig bleiben wollten. Raphael führte sie zu einem mit einer dicken Schicht Sägespänen umsäumten Bau, der mit verschiedenen Kletterhilfen in niedriger Höhe versehen war. Er erklärte Ihnen, was zu tun sei: »Euer Klettersteigset erkennt man an seiner Y-Form. Es wird mit der kurzen Einbindeschlaufe am Gurt befestigt. Die zwei längeren Bandschlingen, mit jeweils einem Karabiner am Ende, dienen zur Sicherung am Stahlseil. Es ist immer wichtig, sich mit beiden Karabinern am Drahtseil zu befestigen. So wird sichergestellt, dass beim Umhängen von einem Drahtseil zum nächsten mindestens ein Karabiner fest im Sicherungsseil hängt.«

»Hoffentlich vergessen wir das nicht«, scherzte Paul, doch als er nach oben schaute und feststellte, wie winzig von hier aus die Kletterer in den Baumkronen aussahen, wurde ihm bewusst, dass das ganz bestimmt nicht passieren würde.

Raphael folgte seinem Blick. »Vierzehn Meter. Sie bewegen sich da oben über Drahtseile, aber auch über Hängebrücken, Steigbügel, Netze und Schwebebalken.«

Paul verließ fast der Mut, doch die tatendurstige Jasmin haute ihm auf den Rücken. »Auf geht's!«

Der Einstieg gestaltete sich einfach, trotzdem überprüfte Paul doppelt und dreifach, ob seine beiden Karabiner ordnungsgemäß verschlossen waren. Balancierend, schwingend, hangelnd oder einfach spazierend gelangten sie von Baum zu Baum, wobei Jasmin voranging und an den Zwischenstationen immer schon etwas gelangweilt auf Paul wartete, bis dieser endlich auch eintraf.

Nach einer Weile hatten sie die höchste Stelle des Parcours erreicht. Inmitten der Baumwipfel genoss Paul den spektakulären Blick und zog gleichzeitig kontrollierend an den Gurten, die ihn hielten. Im Gegensatz zu den Vögeln, die um ihre Köpfe kreisten, besaß er schließlich keine Flügel.

»Jetzt musst du die Rolle benutzen«, wusste Jasmin, die ihre bereits in das daumendicke Drahtseil über sich eingehängt hatte. »Dann stößt du dich ab, und los geht es. Wie bei einer Seilbahn.«

Dass Paul das Stahltau diesmal nicht unter seinen Füßen, sondern über sich haben würde, behagte ihm nicht recht. Aber er konnte nicht kneifen, denn hinter ihm warteten schon die nächsten Gäste.

Nachdem Jasmin mit einem Juchzen abgebraust war und während der Fahrt sogar noch Faxen machte und mit den Beinen strampelte, ging es Paul zurückhaltender an. Er legte die Rolle übers Seil, stellte sich an den Rand des Hochpodests und stieß sich nur leicht ab, um ja nicht zu viel Schwung zu kriegen.

Trotzdem sorgte allein sein Gewicht dafür, dass er schnell Fahrt aufnahm. Der Wind pfiff ihm um die Ohren, das Seil federte und ließ ihn auf- und abschwingen. Deutlich hörte er das Flirren der Rolle dicht über sich – und dann ein metallisches Kreischen!

Abrupt wurde die Fahrt gebremst. Paul kam auf halber Strecke zum nächsten Baum komplett zum Stillstand. Er pendelte auf und ab und fühlte sich dabei völlig hilflos.

»Paul!«, rief Jasmin, die auf der anderen Seite auf ihn wartete. »Was hast du gemacht?«

»Ich? Nichts!«, rief er zurück und sah nach unten. Ein gähnender Abgrund!

»Was ist denn passiert? Hast du deine Rolle nicht richtig eingehängt?«

Paul schaute nach oben. Und tatsächlich lag die Rolle nicht auf, sondern neben dem Drahtseil und wurde nur von dem Metallbügel gehalten, an den sie montiert war. Gut, dass es noch den Sicherheitskarabiner gab, den Paul ebenfalls um das Seil gelegt hatte.

Hatte er? Oh, nein! Wegen seiner Anspannung hatte es Paul versäumt, an den Karabiner zu denken. Einzig der Metallbolzen der Rolle hielt ihn hier oben – Paul fragte sich, wie lange noch.

»Ich glaube, es gibt da ein Problem!« Paul versuchte, sich möglichst wenig zu bewegen. »Die Rolle ist ab und der Karabiner nicht eingehängt.«

»Nicht dein Ernst, oder?«

»Leider doch.«

»Vielleicht kann jemand von der anderen Seite hinterherkommen und dir helfen.«

Doch Pauls Nachfolger sah den schon jetzt durchhängenden Draht und lehnte ab. »Zu viel Gewicht. Zu riskant.«

Paul fürchtete schon, dass seinetwegen ein Feuerwehreinsatz ausgelöst werden müsste, da tauchte tief unter seinen Füßen Raphael mit einer Leiter auf und lehnte sie an einen der benachbarten Bäume. Keine Minute später erreichte er seine Höhe und begann sich zu Paul hinüberzuhangeln. Offenbar besaß er mehr Vertrauen in die Haltekraft des Seils. Bei Paul angelangt, schnallte er eine Ersatzrolle an Pauls Gurt und hängte diese ein, ebenso wie Pauls Karabiner. Anschließend konnte er die verkeilte Rolle ausklinken – Paul war frei.

An der nächsten Baumstation atmete er auf, erleichtert, dass er nun bloß noch zwei Stationen vor sich hatte.

»Tja, das hier ist wirklich nicht jedermanns Sache«, raunte Raphael ihm zu. »Eigentlich narrensicher, aber wie Sie gemerkt haben, nicht unfehlbar. Sehen Sie sich ab jetzt besser vor.«

Paul neigte den Kopf. War das eine Warnung, die sich nicht nur aufs Klettern bezog?

*

Victor Blohfeld lag auf der Lauer. Oder eigentlich eher auf der Heckterrasse seines Hausboots, wo er sich auf einem Liegestuhl ausstreckte, Paul Flemmings Kamera im Anschlag. Von hier aus ließ sich der See überblicken, und das starke Teleobjektiv holte auch weit entfernte Abschnitte des Gewässers in greifbare Nähe.

Wie schon bei seinem Versuch mit der Drohne bekam er jede Menge Wassersportler zu Gesicht, Segelboote, ein Ausflugsschiff. Nur das Seeungeheuer ließ sich nicht blicken – wahrscheinlich war es immer noch zu früh am Tag, und zu viele Menschen tummelten sich auf dem und um den See.

Blohfeld dachte an das schottische Vorbild Nessie und an die Bilder, die von ihm existierten. Er hatte recherchiert, bevor er aus Nürnberg aufgebrochen war: Die erste Aufnahme entstand 1933. Hugh Gray fotografierte ein Objekt mit einem verschwommenen abstehenden Etwas – womöglich einem Hals –, das aus dem Wasser ragte. Das Bild löste einen Hype aus, wurde dann aber als Foto eines Labradorhunds mit Stock im Maul enttarnt. Ganz ähnlich bei Brommi, dem Ungeheuer vom Brombachsee, von dem bisher ebenfalls bloß unscharfe Bilder durch die sozialen Medien geisterten, die leicht zu fälschen waren. Das wollte Blohfeld vermeiden, also konzentrierte er sich aufs Beobachten und würde die hochwertige Kamera erst zum Einsatz bringen, wenn er sich absolut sicher sein konnte, Brommi – oder was auch immer – entdeckt zu haben.

An den Erfolg seiner Mission glaubte er fest, denn Nessie war beileibe nicht das einzige Wassermonster auf der Welt. Laut seinen Nachforschungen sollten ähnliche Kreaturen unter anderem im Manitobasee in Kanada, im Eriesee in den USA und im Storsjönsee in Schweden leben. Warum dann nicht auch hier in Franken?

Das bekannteste Nessie-Foto schoss Dr. Robert Kenneth Wilson im April 1934. Es zeigte ebenfalls den typischen langen Hals mit dem kleinen, reptilienartigen Kopf. Doch auch dieses »Beweisbild« entpuppte sich später als Fake. Denn Wilson hatte kein Wesen aus Fleisch und Blut abgelichtet, sondern eine von Filmproduzent Marmaduke Wetherell gebaute kleine Monsterattrappe mit einem Spielzeugboot als Untersatz. Glatter Betrug also.

Und wenn schon! Selbst wenn es kein unheimliches Unterwassertier geben sollte, sondern sich jemand einen Scherz erlaubte, würde sich Blohfelds Einsatz lohnen, denn sollte er die Betrüger dank seiner Observation auffliegen lassen, würde das ebenso für Schlagzeilen taugen und die Dienstreisekosten locker einspielen.

Wieder kamen seine Gedanken auf Nessie. Nach Ansicht seiner Fürsprecher sollte es sich bei dem Ungeheuer um eine riesige Seeschlange oder den Nachfahren längst ausgestorbener Dinosaurier handeln, das schon Dutzende mehr oder weniger profilierte Wissenschaftler beschäftigt hat. Es gab sogar einen Namen für diesen Forschungszweig im Grenzgebiet zwischen Legenden, Sagen und Naturwissenschaft: Kryptozoologie.

Ein Plätschern ließ Blohfeld aufhorchen. Laut und deutlich schlugen jetzt die Wellen an die Bordwand des Hausboots. Eigenartig, denn er sah kein anderes Boot, das das Wasser so aufgewühlt haben konnte.

Aufmerksam geworden, erhob er sich von der Liege und beugte sich über die Reling. Das Wasser schäumte regelrecht! Und dann meinte er, die Ursache dafür zu erkennen.

Blohfeld fackelte nicht lang. Sofort griff er nach der Fotokamera.

*

Katinka nutzte eine Kaffeepause, um sich an Inge zu wenden.

»Sag mal, hast du zufälligerweise mitbekommen, ob Gerstner hier etwas am Laufen hatte?«

Inge, die sich ein Stückchen Erdbeerkuchen auf den Teller schob, sah sie überrascht an. »Dr. Gerstner? Wie kommst du denn darauf?« Sie schüttelte entschieden den Kopf. »Du glaubst doch wohl nicht, dass er sich an unseren Nachwuchs herangemacht hat. Dann hätte er seinen

Kollaps nicht erst in der Sauna, sondern schon im Hotelbett erlitten.« Sie stieß mit der Gabel in den Kuchen. »Entschuldige, das war jetzt pietätlos. Aber die Vorstellung ist einfach absurd.«

»Hättest du das Gerstner etwa nicht zugetraut?«

»Männern seines Schlages traue ich grundsätzlich alles zu. Aber im Zweifel für den Angeklagten.« Sie ließ die Erdbeere in ihrem Mund verschwinden. »Wie kommst du überhaupt darauf?«

Katinka berichtete vom Streit im Nachbarzimmer, den sie mitbekommen hatte. »Vielleicht gab es Ärger mit der Geliebten?« Sie sah ihre Kollegin aufmerksam an, als sie fragte: »Du bist doch etwas früher als ich in die 95-Grad-Sauna gegangen, Inge. Kam dir da vielleicht jemand entgegen?«

Die Richterin stellte den Kuchenteller beiseite. »Was wird das hier? Witterst du etwa ein Verbrechen? Nein, mir kam niemand entgegen, und als ich in die Sauna ging, hat mir Gestner noch zugenickt. Gleich darauf bist du da gewesen, es blieb also keine Zeit und keine Gelegenheit für einen Mord, Frau Staatsanwältin.«

»Mmmh«, machte Katinka und dachte an langsam wirkendes Gift, das dem Anwalt schon vor dem Saunagang eingeflößt worden sein könnte. »Trotzdem würde es mich interessieren, mit wem er am Abend in Streit geraten war. Leider konnte ich die Stimme durch die Zimmerwand hindurch nicht erkennen – nur dass es die einer Frau gewesen sein muss.«

»Oder die eines Mannes mit heller Stimme? Oder eine Schauspielerin in einem Fernsehfilm, in dem gestritten wurde? Jetzt vergiss das Ganze mal und nimm dir ein Stück Kuchen, gleich ist die Pause nämlich vorbei!«

Katinka sah ein, dass sie im Trüben fischte, und befolgte Inges Ratschlag. Ihre Wahl fiel auf ein Stück Mohnkuchen. Sie liebte diese Sorte. Der Kuchen, überzogen mit einer dicken Lage Mürbeteigflocken, schmeckte sogar noch besser, als er aussah, und der Kaffee machte sie munter. Kurz bevor der nächste und letzte Vortrag des Tages begann, bog Katinka in die Damentoilette ab, wo sie sich übers Waschbecken beugte und zwei Mohnsamen zwischen den Schneidezähnen entfernte. Gerade wollte sie wieder gehen, als sie auf ein Schluchzen aufmerksam wurde. Es kam aus einer der Kabinen.

»Hallo?«, machte Katinka sich bemerkbar. »Alles in Ordnung?«

Kurz darauf wurde die Tür aufgesperrt. Lisa, eine der jungen Kolleginnen, kam heraus. »Ja, ja, alles gut«, sagte sie und lächelte Katinka zu.

Doch das Lächeln konnte nicht darüber hinwegtäuschen, dass ihre Augen gerötet waren.

*

Die Verabschiedung von Jasmin fiel sehr kurz aus. Sie schnappte sich ihre kleine Reisetasche, und weg war sie. Noch einen Tag, wie erhofft, hatte ihr Schnelleisen nämlich nicht genehmigt.

Schade eigentlich, dachte Paul, der allein mit Nessie auf dem Hausboot zurückblieb. Er fragte sich, was er mit dem angebrochenen Abend anfangen sollte. Er durchstöberte den Kühlschrank nach Essbarem, Jasmin hatte ja reichlich eingekauft, da meldete sich sein Handy.

Klaus Herold war dran und fragte, ob Paul einen Moment Zeit hätte.

»Ja klar, gern.«

»Ich sehe gerade die Habseligkeiten meines Bruders durch, die man mir ins Hotel gebracht hat. Lange werde ich nicht bleiben. Sobald hier alles erledigt ist, möchte ich – oder vielmehr *muss* ich – abreisen, weil ich in Düsseldorf alles stehen und liegen gelassen habe. Die brauchen mich dort.« Das Geräusch von umgeblättertem Papier war zu hören. »Weshalb ich anrufe: In den Unterlagen meines Bruders sind das Impfbuch und die Steuermarke für die Hündin. Haben Sie sich inzwischen entschieden, ob Sie Bella behalten möchten? Dann können Sie das alles haben.«

»Nessie«, korrigierte Paul. »Ich nenne sie Nessie.« Er fing den Blick der Hündin auf, die den Kopf schiefhielt und fleißig wedelte.

Was sollte er tun? Nessie war süß und ihm in kürzester Zeit ans Herz gewachsen. Aber eigentlich wollte Paul kein Haustier. Das war nie sein Ding gewesen, schon als Kind nicht. Seine Eltern Hertha und Hermann hatten ja immer einen Hund gehabt, und Paul erinnerte sich sehr gut daran, wie nervig er es gefunden hatte, mit den Vierbeinern Gassi gehen zu müssen, meistens, wenn er gerade mit seinen Freunden unterwegs sein wollte oder etwas Spannendes im Fernsehen lief. Auch später kam bei ihm nie der Wunsch auf, sich mit Kanarienvögeln, Katzen oder eben Hunden zu umgeben, dafür liebte er viel zu sehr seine Unabhängigkeit. Er wusste auch gar nicht, was Katinka davon halten würde, wenn er sich plötzlich ein Tier ans Bein band. Die Vorbehalte überwogen also. Und trotzdem ...

»Also gut«, entschied Paul aus dem Bauch heraus. »Nessie kann bei mir bleiben. Ich glaube, wir kommen ganz gut miteinander aus.«

»Das freut mich sehr.« Erleichterung klang aus Herolds Stimme. »Für mich wäre es eine Last.« Er schlug vor, sich am nächsten Morgen zum Frühstück zu treffen, um die Dokumente zu übergeben. »Natürlich sind Sie eingeladen.«

»Abgemacht!«

Nachdem sie das Telefonat beendet hatten, stellte sich Paul noch einmal an den Kühlschrank und überlegte, worauf er Appetit hatte. Da er keine Lust zum Gemüseschnippeln und Kartoffelschälen hatte, schwankte er zwischen Resten, die er sich aufwärmen könnte, und »Strammem Max«: Brot, Schinken und Ei.

Mitten in die Überlegung hinein polterte es am Bug. Nessie schlug sofort an und bellte.

Blohfeld erschien völlig aufgelöst auf der Bildfläche. »Flemming!«, rief er. »Ich habe es gesehen! Ich habe das Monster gesehen!«

»Beruhigen Sie sich erst einmal.« Paul fiel auf, dass Blohfelds Hemdsärmel vor Nässe trieften. »Was haben Sie gesehen?«

»Das Seeungeheuer! Brommi!«, bekräftigte Blohfeld außer Atem. »Nur ein paar Meter entfernt. Plötzlich ist es da gewesen, wie aus dem Nichts.«

Nachdem Paul mehrmals nachfassen musste, kristallisierte sich heraus, dass der Reporter einen großen, länglichen Schatten dicht unter der Oberfläche beobachtet haben wollte. Da im Brombachsee keine U-Boote fuhren, konnte es sich dabei seiner Meinung nach nur um das Wassermonster handeln.

»Haben Sie es fotografiert?«, wollte Paul wissen, der sich wunderte, dass Blohfeld die Kamera nicht dabeihatte.

»Ich wollte ja«, beteuerte der Reporter. »Aber das Ganze passierte so schnell. Da habe ich den Fotoapparat hochgerissen, bin mit dem blöden Halteriemen hängen geblieben – und platsch.«

»Platsch?«

»Das Ding ist ins Wasser gefallen. Habe noch versucht, es zu retten, aber keine Chance.«

Das erklärte die nassen Ärmel, dachte Paul. »Sie haben meine Kamera in den See geworfen? Ist das Ihr Ernst?«

»Es war ja keine Absicht. Außerdem bin ich versichert. Dann können Sie sich mal was Neues gönnen.«

»Aber die Versicherung zahlt mir nur den Zeitwert! Das Objektiv ist über zehn Jahre alt.«

»Vielleicht legt Ihre Frau den Rest dazu.«

Paul ballte die Fäuste: »Blohfeld, ich könnte Sie ...«

4

Das Café, in dem Paul sich mit Klaus Herold zum Frühstück verabredet hatte, lag ganz in der Nähe des kleinen Hafens von Ramsberg. Der Hafen war eigentlich eher eine Anlegestelle, deren Fahrplan verkündete, dass von hier aus die *MS Brombachsee* nach Pleinfeld, Allmannsdorf, Absberg und Enderndorf schipperte, zumindest während der Sommermonate.

Eine Sonnenbrille steckte in Herolds gewelltem, angegrautem Haar, die obersten beiden Knöpfe seines gestreiften Hemdes standen offen, und obwohl es noch recht früh war, fächelte er sich mit der Speisekarte Luft zu. »Guten Morgen. Freut mich, dass es so spontan bei Ihnen klappt«, grüßte er und erhob sich kurz.

»Ich bin im Urlaub, mein Terminkalender ist frei«, lächelte Paul.

Die Begrüßung durch Nessie alias Bella fiel ähnlich aus wie bei ihrer letzten Begegnung. Ein kurzes Schnüffeln, dann ging sie auf Distanz. Paul band die Leine um die Lehne seines Stuhls und wollte sich gerade setzen, als er jemanden vorbeigehen sah, den er gut kannte.

»Entschuldigen Sie mich bitte eine Sekunde«, sagte er zu Herold. »Ich muss kurz jemandem Hallo sagen, bin gleich wieder da. Nessie lasse ich so lange hier.«

»Ich hoffe, Sie kommen auch wirklich zurück«, entgegnete Herold und wirkte leicht besorgt.

»Keine Bange, Sie bleiben nicht auf ihr sitzen.«

Paul beeilte sich, denjenigen zu erwischen, den er zwischen den Touristen erspäht hatte. Gerade wollte dieser durch einen Torbogen gehen, da legte Paul ihm die Hand auf die Schulter. »Hannes! Was machst du denn hier?«

Hannes Fink, der Pfarrer der Nürnberger Sebalduskirche, wirkte nicht weniger überrascht. »Das Gleiche könnte ich dich fragen«, erwiderte der korpulente Geistliche mit Pferdeschwanz.

»Urlaub«, sagte Paul. »Eigentlich zusammen mit Katinka, aber die ist auf Lehrgang, der eigentlich eine Woche früher laufen sollte. Da unsere Unterkunft hier schon gebucht war, bin ich vorgefahren, sie kommt dann für die zweite Woche nach.«

»Und ich bin in dienstlicher Mission unterwegs«, klärte Fink ihn auf. »Am Wochenende soll ein Kirchenneubau geweiht werden. Pfarrer aus der ganzen Region sind eingeladen, daran teilzunehmen, und natürlich jeder Interessierte, der dabei sein möchte. Ich wollte mir vorher mal ein Bild machen, deswegen bin ich heute schon für eine Stippvisite hergefahren.«

»Dass heutzutage neue Kirchen gebaut werden, wundert mich. Wo doch jede Menge Leute bei euch austreten.«

»Nun«, Fink legte seinen Zeigefinger ans Kinn, »es ist keine Kirche im herkömmlichen Sinn. Sie ist nicht aus Steinen gemauert.«

»Sondern?«

»Gewachsen.« Auf Pauls fragenden Blick hin ergänzte er: »Über hundert Jugendliche haben während einer Ferienfreizeit einen Weidendom errichtet. Dreißig Meter lang, mit Platz für ungefähr hundertfünfzig Gläubige.«

»Komplett aus Weiden?«, staunte Paul.

»Es gibt ein Gerüst aus Metallrohren, als Rankhilfen für die Weidenruten. Ist ein tolles Ding, solltest du dir unbedingt anschauen, solange du hier bist.«

»Sachen gibt's …« Paul schmunzelte. »Es ist übrigens wirklich amüsant, dich ausgerechnet hier in Ramsberg zu treffen. Jasmin Stahl ist schon da gewesen, und Victor Blohfeld treibt am Brombachsee sein Unwesen. Fehlt nur noch Jan-Patrick, dann wäre die ganze Nürnberger Clique komplett.«

Fink fing sein Schmunzeln auf. »Der Wirt vom *Goldenen Ritter*?«

»Kennst du noch einen anderen?«

»Du wirst lachen, Paul, aber auch Jan-Patrick kommt hierher. Er hat das Catering für die Weihe des Weidendoms übernommen.«

Nachdem sie sich voneinander verabschiedet hatten und Paul zu Herold zurückkehrte, wurde er mit einem freudigen Kläffen von Nessie empfangen. Sie schien erleichtert zu sein, dass Paul sie nicht dem Bruder ihres verstorbenen Herrchens überließ.

Bei Kaffee, Semmeln mit Konfitüre, Käseauswahl und Frühstücksei sprachen sie über die gemeinsame Praxis der Herolds und wie es nun weitergehen könnte. »Das Geschäft läuft prima, da gibt es nichts zu meckern«, sagte Herold. »Trotzdem wird mein Bruder sehr fehlen – als Geschäftspartner und als Mensch.« Ein leises Seufzen. »Wahrscheinlich muss ich die Idee einer neuen Praxis hier in Franken fallen lassen. Ich kann mich ja nicht zerteilen, und so bald jemanden zu finden, dem ich die Zweigstelle anvertrauen könnte, halte ich für unmöglich.«

»Aber hat es nicht jemanden an der Seite Ihres Bruders gegeben?«, hakte Paul nach und klopfte mit dem Löffel auf die Eierschale. »Vielleicht kann die- oder derjenige ja einspringen und Sie unterstützen.«

Falten zeichneten sich nun auf Herolds Stirn ab. »Wen

meinen Sie? Ich hatte Ihnen doch schon gesagt, dass Uwe verwitwet war.«

»Ja, aber da muss trotzdem jemand in seiner Nähe gewesen sein. Denken Sie an die Weinflasche mit den zwei Gläsern.«

Erst sah es nicht danach aus, als wollte sich Herold ein weiteres Mal auf das Thema einlassen. Aber dann – vielleicht, weil er meinte, Paul wegen des Hundes etwas zu schulden – rückte er mit einer vertraulichen Information heraus: »Mein Bruder wollte sich mit dem Witwerleben nicht abfinden. Er hat in jüngster Zeit einige Damen über Internetforen kennengelernt, weil er die Einsamkeit nicht ertragen konnte und private Kontakte mit Patientinnen selbstverständlich nicht infrage kamen.«

Konnte das eine Spur sein? »Flüchtige Bekanntschaften? Oder hat sich etwas Ernstes abgezeichnet?«, erkundigte sich Paul, wohlweislich, dass er damit tief in die Privatsphäre des Verstorbenen eindrang. Doch wenn *er* es nicht tat, wer sonst?

»Solche Details hat mir Uwe nicht anvertraut.«

»Hat er keinen Namen genannt? Ich meine: Sie haben doch Uwes Unterlagen durchgesehen. Da ist sicher ein Kalender dabei gewesen oder eine Adressliste.«

»Nein, nicht einen einzigen. Ich weiß nur, dass es mehrere Dates gab. Was daraus geworden ist? Keine Ahnung. Mir ist nichts aufgefallen, was auf eine aktuelle Freundin hingedeutet hat. Und beim letzten Mal, als ich mit ihm telefonierte, hat er auch kein Wort darüber verloren.« Bedauernd sah er Paul an. »Ich würde Ihnen wirklich gern dabei helfen, Ihre Neugierde zu befriedigen. Auch ich selbst frage mich ständig: Ist mein Bruder glücklich gewesen in den letzten Tagen vor seinem Tod? Gab es eine Person in seinem Leben, an die er sein Herz verloren hat? Aber ich finde keine Antworten darauf und muss einsehen, dass man ab einem gewissen Punkt loslassen und nach vorn schauen muss.«

Nachdem sie das Frühstück beendet hatten, nahm Paul die Hundeunterlagen an sich, bedankte sich und ging.

Schade, dass Klaus Herold keinen Namen für ihn hatte, dachte er. Es wäre natürlich nichts Ungewöhnliches, wenn sein Bruder die Frauengeschichten ganz bewusst für sich behalten hätte. Es gab aber noch eine andere Möglichkeit: Klaus wollte Uwe womöglich schützen, wenn es sich bei der Damenbekanntschaft um eine käufliche Liebe gehandelt hatte. Das hätte er einem Fremden wie Paul ganz sicher nicht auf die Nase gebunden.

*

An Bord stellte er Nessie ein Schälchen mit frischem Wasser hin, über das sie sich gleich hermachte. Kein Wunder, bei der Wärme! Als Nächstes widmete sich Paul den Hundedokumenten. Er wusste bisher ja so gut wie nichts über die Haltung von Vierbeinern und wollte nachlesen, ob es irgendetwas zu beachten gab und wo er sich als neuer Halter eintragen lassen musste. Auch an die Hundesteuer musste er ja denken.

Beim Durchblättern der Unterlagen löste sich ein Post-it und glitt auf den Boden. Das Zettelchen hatte sich wohl in die Papiere verirrt oder diente als Marker. Paul klaubte den gelben Aufkleber vom Boden auf und wollte ihn beiseitelegen, als ihm auffiel, dass etwas darauf geschrieben stand: der Vorname Irina und eine Mobilfunknummer.

Er kam ins Grübeln. Bei besagter Irina konnte es sich um eine Düsseldorfer Mitarbeiterin handeln, Herolds Steuerberaterin, seine Putzfrau oder um eine Kusine. Ebenso gut mochte Irina Uwe Herolds heimliche Freundin gewesen sein. Diejenige, mit der er seinen letzten Wein genossen hatte – und hinter der Paul her war.

Kurz entschlossen tippte Paul die Nummer in sein Handy.

»Hallo?«, meldete sich eine leise Frauenstimme. Paul meinte vorsichtige Zurückhaltung herauszuhören.

»Spreche ich mit Irina?«

Nach kurzer Stille: »Wer ist da?«

»Ich heiße Paul Flemming. Ich war ein Bekannter von Uwe Herold und bin gerade durch Zufall auf Ihre Nummer gestoßen.«

Wieder ein Zögern. »Sie sind ein Freund von Uwe?«

»Kein Freund, ich bewohne nur ein Hausboot in der Nähe von seinem und kümmere mich seit seinem Unfall um den Hund.«

»Was für ein Unfall?« Die Frau klang jetzt alarmiert.

»Uwe Herold ist verstorben. Wussten Sie das nicht?«

»Nein!«, kam es jetzt laut zurück. »Ich habe keine Ahnung. Oh mein Gott!« Ein herzergreifendes Seufzen. Die Frau fiel offenbar aus allen Wolken.

Paul erklärte ihr ruhig und langsam, was vorgefallen war, und dass auch schon in der lokalen Presse ein kleiner Bericht über den Unfall gestanden hatte. Dass er selbst von Mord ausging, behielt er zunächst für sich.

»Wenn ich fragen darf: Sind Sie mit Uwe Herold befreundet gewesen?«, erkundigte sich Paul.

»Ich habe für ihn gearbeitet.«

Als er glaubte, Irina hätte sich einigermaßen beruhigt, fragte er: »Wann haben Sie Uwe Herold denn zuletzt gesehen? Vielleicht erst kürzlich auf seinem Hausboot?«

»Nein.« Die Antwort kam sehr schnell.

Es wäre auch zu einfach gewesen, überlegte Paul und fragte, ob Irina und er sich treffen könnten.

»Wieso das denn?«

»Sie kannten Uwe Herold, ich kannte ihn auch. Vielleicht können wir uns austauschen, das macht es für beide einfacher.«

»Ich weiß nicht, ob das eine gute Idee ist.«

»Ich könnte Ihnen mehr über die Umstände seines Todes erzählen«, versuchte Paul sie zu überzeugen. »Schließlich bin ich es gewesen, der ihn gefunden hat.«

»Was für Umstände?«

»Das werden Sie dann hören.«

Irina willigte nach einigem Zögern ein und schlug ein Treffen am frühen Abend vor.

Paul hatte kaum aufgelegt, da klingelte sein Handy: Katinka. »Hallo, mein Schatz«, grüßte er sie beschwingt. »Sag mir, dass dein Seminar vorzeitig endet und du schon auf der Fahrt hierher bist!«

»Leider nein«, trübte sie seine Freude. »Es gibt einige, äh, Komplikationen.«

»Bei einem Seminar? Was soll denn da schieflaufen?«

»Erzähle ich dir alles, wenn ich da bin. Und wie geht es dir? Genießt du die Ruhe auf dem Boot und lässt den lieben langen Tag die Beine ins Wasser baumeln?«

Paul überlegte, inwieweit er Katinka einbeziehen sollte, doch Nessie nahm ihm die Entscheidung ab, indem sie laut und deutlich bellte.

»Ist das ein Hund?«, fragte Katinka überrascht.

»Nicht ein Hund, sondern *der* Hund. Der, den ich aus dem Wasser gezogen habe.«

Er erzählte ihr, was sich abgespielt hatte, und war gespannt auf Katinkas Reaktion.

»Ohne Scherz? Wir haben Familienzuwachs?« Sie klang überhaupt nicht vorwurfsvoll. »Schick doch gleich mal ein paar Fotos!«

»Du bist nicht sauer?«

»Ich finde das eine Superidee. Endlich wieder Leben in der Wohnung, nachdem sich Hannah immer seltener zu Hause blicken lässt. Ach, wie schön! An den Wochenenden können wir mit Nessie in die Fränkische zum Wandern gehen, und unter der Woche, wenn ich arbeite, übernimmst du die Gassirunden. Hast ja sonst nichts zu tun.«

Trotz dieser Spitze atmete Paul auf. Katinka war also einverstanden mit seiner Entscheidung. Jetzt wollte er wissen, was sie zu seinem »Fall« sagen würde, und erzählte ihr auch davon.

Diesmal hörte sich Katinka nicht begeistert an: »Mit anderen Worten: Du hast dir mal wieder einen Fall gesucht, bei dem du an der Polizei vorbei ermittelst.«

»Nicht ich habe mir den Fall gesucht, sondern der Fall mich«, korrigierte Paul. In gewisser Weise war es ja tatsächlich so gewesen. »Und das mit der Polizei stimmt auch nicht ganz, denn ich habe Jasmin eingebunden.«

»Ist sie bei dir?«, fragte Katinka spitz.

»Längst wieder weg. Und keine Sorge: Solange sie hier war, hat sie auf der Besuchercouch geschlafen.«

»Ich denke, es wird höchste Zeit, dass ich mein Seminar abschließe.«

»Sage ich ja!«, betonte Paul. »Bis dahin könntest du deine Kontakte spielen lassen und nachforschen, ob es irgendwelche Ungereimtheiten rund um die Herold-Brüder gibt.«

Als Nächstes platzte Blohfeld herein, ein Notebook unter den Arm geklemmt.

»Flemming, ich brauche Sie mal.«

Er setzte den Computer auf dem Tisch ab und rief einen kurzen Artikel auf.

»Die Zentralredaktion wollte meine Dienstreise nicht verlängern, wenn ich keine Resultate liefere. Deswegen habe ich für Ersatzstoff gesorgt, mit dem ich die Chefredaktion hinhalten will. Fliegen Sie eben rüber und sagen, ob es so passt.«

»Zeigen Sie her«, sagte Paul und drehte das Notebook zu sich herum. Er las:

»Die hohen Temperaturen in Kombination mit Alkohol stiegen drei Badegästen wohl zu Kopf. Zuerst fielen die Hüllen, dann die Hemmungen. Das Trio trieb es im prallen Sonnenschein auf der Badewiese. Um die aufgeheizten Gemüter anschließend wieder adäquat abzukühlen, sprang die Frau zusammen mit ihren zwei Aficionados kurzerhand ins kühle Nass – nackt. Wie die Polizei auf Anfrage mitteilte, müssen die drei nun mit einer Anzeige wegen Erregung öffentlichen Ärgernisses rechnen.«

»Haben Sie diese Szene etwa auch mit Ihrer Drohne gefilmt?«, fragte Paul.

»Ja, als ich noch eine hatte! Wollen Sie es sehen?«

»Nein danke, besser nicht.« Paul schob das Notebook weg und erkundigte sich nach Neuigkeiten übers Seeungeheuer.

»Inzwischen bin ich der Meinung, dass ich Brommi am besten aufstöbere, indem ich in sein eigenes Habitat eintauche. Und zwar buchstäblich. Vorhin habe ich der örtlichen Tauchschule einen Besuch abgestattet, um mir eine Ausrüstung zu leihen.«

»Wo sind die Flossen und die Sauerstoffflaschen? Ich sehe nichts davon.«

»Wollte man mir nicht geben. Erst mal muss ich einen Tauchkurs belegen, bevor die mich in voller Montur ins Wasser steigen lassen. Aber das ist mir zu aufwendig. Trotzdem hat es sich gelohnt, dahin zu gehen. Das hat mich nämlich auf eine Idee gebracht, die Ihnen gefallen dürfte.« Er grinste selbstverliebt.

»Ach wirklich?«

»Sie glauben ja nicht an Brommi, das Ungeheuer vom Brombachsee, oder?«

»Ehrlich gesagt ...«

»Schon gut. Nehmen wir an, Sie liegen richtig und es handelt sich bloß um einen Fake – dann könnte es doch sein, dass das falsche Ungeheuer von Tauchern durch den See gezogen wird.«

»Theoretisch ja«, sagte Paul, gespannt, worauf Blohfeld hinauswollte.

»Was, wenn Uwe Herold von seinem Boot aus das Spektakel beobachtet und durchschaut hat? Und die Taucher dann kurzen Prozess mit ihm gemacht haben?«

Paul strich sich grüblerisch ums Kinn. Er fand diesen Ansatz zumindest nicht völlig abwegig.

*

Nach ihrem Telefonat mit Paul, das sie vom Zimmer aus geführt hatte, musste Katinka an die Szene aus der Damentoilette denken. Ob die junge Lisa tatsächlich um den toten Dr. Gerstner geweint hatte? Unwahrscheinlich, fand Katinka, der Kummer hatte sicher andere Gründe. Eine Familienangelegenheit vielleicht. Oder einer der alten Hasen hatte sie mit einer schroffen Bemerkung brüskiert, was auch in Juristenkreisen leider ab und zu vorkam. Wahrscheinlich hatte Lisa nichts mit dem Fall Gerstner zu tun.

Der Fall Gerstner. War es denn überhaupt einer? Katinka dachte an den letzten dienstlichen Anlass zurück, bei dem sie mit Gerstner zu tun gehabt hatte. Zumindest indirekt. Da war er für ein Ehepaar tätig gewesen, das sich scheiden lassen wollte. Die Frau, eine Konservatorin aus dem Germanischen Nationalmuseum, wurde Opfer eines Mordanschlags, und ihr Ehemann geriet vorübergehend unter Verdacht. Gerstner hatte den Ehemann als Scheidungsanwalt vertreten, was auch sein eigentliches Steckenpferd war. Der Ausflug ins Strafrecht, wie hier als Dozent beim Seminar, bildete eher eine Ausnahme.

Während sie auf der Bettkannte saß, stellte Katinka verschiedene Überlegungen an: Als Scheidungsanwalt machte man sich zwangsläufig nicht nur Freunde. Meist stand man auf nur einer Seite der Konfliktparteien, und je nach Erfolg ging die Gegenseite leer aus. Sollte Gerstner im Hotel einer Frau begegnet sein, deren Ex-Mann er einmal erfolgreich vertreten hatte? Vielleicht hatte er ihr sogar das Sorgerecht für die gemeinsamen Kinder weggenommen? Hat die Frau daraufhin Gerstner in seinem Hotelzimmer aufgesucht und ihm Vorwürfe gemacht? War es womöglich nicht dabei geblieben? Fasste sie schließlich den Entschluss, den Anwalt für ihr persönliches Drama büßen zu lassen?

Da Katinka diesen Gedanken mangels weiterer Hinweise momentan nicht sinnvoll weiterspinnen konnte, lenkte sie sich damit ab, Pauls Bitte nachzukommen und über die Brüder Herold zu recherchieren. Sie entschied, dafür einige Quellen anzuzapfen, die ihr noch Gefallen schuldeten.

*

Das Lokal, das Irina ausgesucht hatte, war einfach und bodenständig. Nahe der kleinen Kirche St. Josef gelegen, verströmte das Wirtshaus die Atmosphäre gediegener Gemütlichkeit. Die Einrichtung im hellen Holzdekor gehalten und die Bedienung mit einem aufs Wesentliche begrenzten Wortschatz ausgestattet, hätte es in anderen Landstrichen vielleicht nicht zur Top-Adresse gereicht. Hier dagegen war fast jeder Platz besetzt.

Irina entpuppte sich als nicht sehr große, mittelschlanke Frau von etwa dreißig Jahren. Wie Paul schon am Telefon herausgehört haben wollte, sprach sie mit osteuropäischem Akzent.

Sie fanden einen Eckplatz für sich, bestellten ein Radler für Paul und eine Saftschorle für Irina, dann legte sie auch schon los: »Ich habe für Uwe Herold gearbeitet«, sagte sie, »und ihm assistiert, um Kontakte vor Ort zu knüpfen und ein paar Erledigungen für ihn zu machen. Behördengänge, auch um die Firmen für den Innenausbau der neuen Praxis habe ich mich gekümmert.« Sie legte ihre Hand auf die Stirn. »Ich kann noch immer nicht fassen, dass er nicht mehr lebt. Unbegreiflich.«

»Um Ihren Job müssen Sie sich zumindest keine Sorgen machen«, sagte Paul und warf einen Blick auf die handgeschriebene Speisekarte. Darauf fand er die üblichen Verdächtigen von Schäufele über Sauerbraten bis zu Tafelspitz. Natürlich fehlten auch die Bratwürste nicht. »Klaus Herold beschäftigt Sie bestimmt weiter. Mich wundert, dass er noch keinen Kontakt zu Ihnen aufgenommen und Sie informiert hat. Wahrscheinlich ist er einfach noch nicht dazu gekommen.«

Irina wirkte weniger zuversichtlich. »Das ist keine Festanstellung gewesen, zumindest jetzt noch nicht. Ich habe auf Stundenbasis gearbeitet und auf Zuruf, später wollte mich Uwe Herold dann in der neuen Praxis am Empfang einsetzen. Jetzt ist ja nicht einmal mehr klar, ob die Praxis überhaupt eröffnet wird, oder?«

»Wie kommen Sie darauf?«, fragte Paul, der heute zum Tafelspitz tendierte. Das Fleisch war meistens ein zartes Stück Rind aus der Schwanzgegend, in Brühe gekocht und scheibenweise angerichtet. In die Kombination aus leicht scharfer Meerrettichsauce und süßen Preiselbeeren hätte er sich glatt reinlegen können.

»Ich glaube nicht, dass Klaus Herold die Pläne seines Bruders weiterverfolgt«, sagte Irina und nippte an der Schorle.

Zwar hatte Klaus Herold dies Paul gegenüber bereits angedeutet, doch wollte der Hobbydetektiv seine Gesprächspartnerin darüber vorerst im Unklaren lassen, um mehr von ihr zu erfahren. »Warum denn nicht? Die beiden waren doch Partner.« Paul winkte der Kellnerin, die ihn jedoch ignorierte.

»Brüder ja, aber Partner?« Irina schüttelte den Kopf. »Die beiden haben sich nicht besonders gut verstanden.«

»Gab es Krach?«

»Ja, nicht zu knapp.«

»Woher wissen Sie das? Klaus Herold ist doch gar nicht hier gewesen, sondern in Düsseldorf.«

»Sie haben sich am Telefon gestritten. Uwe Herold hat laut in sein Handy gebrüllt, das ist nicht lange her, zwei Wochen vielleicht.« Sie senkte den Kopf. »Ich stand direkt daneben, da konnte ich es nicht überhören. Außerdem gab es auch hier Ärger.«

»Was meinen Sie mit ›hier‹?«

»Na hier, in dem Waldschlösschen, das Uwe Herold mieten wollte. Klaus Herold wollte sich die Fortschritte ansehen. Sein Bruder und er sind aneinandergeraten, als wären sie noch Kinder, die von ihrer Mutter getrennt werden müssten.«

Paul sah sie verwirrt an. »Wann soll das gewesen ein?«

»Vor ein paar Tagen.«

»Das kann aber nicht sein, denn Klaus Herold ist erst aus Düsseldorf angereist, als er die Todesnachricht von der Polizei erhalten hatte.«

»Behauptet er das?« Irina, die offenkundig nicht viel für Klaus Herold übrig hatte, verzog den Mund. »Ich habe ihn jedenfalls gesehen. Es müsste der Tag vor Uwe Herolds Unfall gewesen sein. Ja, ich bin ganz sicher.«

»Haben Sie sonst noch Informationen für mich?«, fragte Paul, der sich sehr über Klaus Herolds Verschwiegenheit bei diesem Thema wunderte, und nahm einen neuen Anlauf, seine Bestellung aufzugeben. Doch die Bedienung ließ sich nicht erweichen – wahrscheinlich, vermutete Paul, weil er keinen Stammkundenbonus genoss und als Tourist zu den Gästen zweiter Klasse zählte.

»Ja«, sagte Irina nachdenklich. Offenbar tat es ihr gut, sich in dieser Sache aussprechen zu können. »Uwe Herold kam mir in letzter Zeit besorgt vor. Besorgt und bedrückt.«

»Könnte das mit der neuen Praxis zusammenhängen? Die hat ja einige Gegner auf den Plan gerufen.«

»Kann schon sein. Die Feindseligkeiten haben ihn ziemlich aufgewühlt. Dazu der Krach mit seinem Bruder ...«

»Hallo! Fräulein!«, rief Paul laut, als die Kellnerin wieder vorbeikam. Das »Fräulein« kam gar nicht gut an, dafür erntete er bloß einen bösen Blick.

»Was mich noch interessieren würde«, wandte er sich wieder an Irina. »Gab es eine Frau in Uwe Herolds Leben?«

Irina sah ihn nachdenklich an. »Sie meinen eine Freundin? Nicht dass ich wüsste.«

»Ich habe zwei Weingläser auf seinem Tisch im Hausboot gesehen, an einem klebte Lippenstift. Von der Farbe her ganz ähnlich wie Ihrer.«

»So? Ist Lippenstift nicht immer rot? Wie wollen Sie da die Unterschiede erkennen? Meiner ist es ganz sicher nicht gewesen.«

Der Abend endete für Paul mit knurrendem Magen, weil es ihm irgendwann zu blöd geworden war, der Bedienung nachzustellen. Draußen wurde es schon dunkel, als Irina und er sich voneinander verabschiedeten. Paul schlug den Weg zu den Anlegern mit den Hausbooten ein und war nur wenige Schritte gegangen, als er Irinas Stimme hörte. Sie hatte sich bereits ein ganzes Stück von ihm entfernt und ging wohl davon aus, dass er nichts mitbekommen würde. Doch Paul konnte beobachten, wie sie aufgewühlt und heftig gestikulierend mit jemandem telefonierte.

So kurz nach ihrem Treffen? Ob sie jemandem Bericht erstattete? Aber wem?

Neugierig geworden, ging er ihr nach und wartete, bis sie vor einem der Häuser an der Hauptstraße stehen blieb, einen Schlüsselbund aus der Handtasche nahm und hineinging. Kurz darauf flammte das Licht im ersten Stock auf. Paul prägte sich die Adresse ein.

5

Blohfeld hatte sich selbst zum Frühstück auf Pauls Heckterrasse eingeladen, aber immerhin eine Tüte Semmeln mitgebracht. Mehr, als man von ihm erwarten durfte.

»Nur eine Sorte Konfitüre?«, monierte er, kaum dass er saß.

»Besser als keine, oder?«, entgegnete Paul unwirsch.

»Und wo ist der Honig?«

»Tut mir leid, die Biene ist krank.«

Blohfeld ging darüber achselzuckend hinweg und begann sofort wieder, von seiner neuen Leidenschaft zu schwadronieren. »Eines ist mir inzwischen klar geworden: Man muss einen langen Atem haben, um einem Phänomen wie diesem auf den Grund zu gehen. *Auf den Grund gehen*, nettes Wortspiel.« Er lachte über seinen eigenen Witz. »Am Loch Ness hat es bis 1972 gedauert. Erst dann schlossen sich Forscher verschiedener Institute zusammen und fertigten systematisch Unterwasserfotos an. Das Team, das von einem gewissen Dr. Robert Rines geleitet wurde, benutzte auch Sonartechnik, um den gesamten See zu scannen und die Kameras genau dann auszulösen, wenn das Sonar größere Objekte aufspürte.«

»Hat sich der Aufwand gelohnt?«, wollte Paul wissen, denn ihm war nichts dergleichen bekannt.

»Es dauerte eine Weile, aber dann meldete das Sonar ein etwa zehn Meter langes Objekt. Weil das Signal nur kurz anhielt, dachten die Forscher an einen Fischschwarm, der sich dann verflüchtigte. Doch es gab ja noch die Unterwasserkameras – und die lösten aus.«

»Was zeigten die Bilder?«, fragte Paul und legte die Semmel beiseite. »Machen Sie es nicht so spannend.«

»Eine große Flosse! Auf zwei der Fotos deutlich zu erkennen. Aber das Beste kommt noch: Ein drittes Bild offenbarte eine Ganzkörperaufnahme von Nessie! Inklusive der typischen Merkmale wie Reptilienkopf, langer Hals und dicker Körper. Zumindest konnte man das gut hineininterpretieren.«

»Wirklich wahr?«, zweifelte Paul.

»1975 entstanden bei einer weiteren Expedition ähnliche Bilder. Es schien also nur noch eine Frage der Zeit zu sein, bis der hundertprozentige Beweis für Nessies Existenz erbracht wurde. Sogar die renommierte Harvard University und das Smithsonian Institute schlossen sich der Meinung an, dass das Monster echt und lebendig ist.«

»Aber dabei blieb es doch nicht, oder?«

»Nein«, sagte Blohfeld etwas enttäuscht. »Spätere Analysen der dunklen, schlecht aufgelösten Unterwasserfotos legten nahe, dass es sich in Wahrheit nur um Wrackteile am Seegrund handelte. Seitdem ist alles wieder offen.«

»Vielleicht ist Nessie einfach zu clever, um sich erwischen zu lassen«, scherzte Paul. Wie aufs Stichwort tapste die vierbeinige Nessie zu ihm und holte sich eine Streicheleinheit ab.

Pauls Smartphone vibrierte. Die Nachricht kam von Katinka, die sich tatsächlich hinter seinen »Fall« geklemmt hatte. Demnach wurde laut der lokalen Polizei das Ganze nach wie vor als Unfall behandelt und daher das Morddezernat weiterhin außen vor gehalten. Man konzentrierte sich offenbar bislang einzig auf den Hausbootsvermittler, der aber wahrscheinlich nicht belangt werden konnte, da das Schiff technisch in einwandfreiem Zustand gewesen war.

Paul schrieb ihr eine kurze Antwort und bedankte sich.

Blohfeld, der inzwischen die dritte Semmel mit Erdbeermarmelade aß, plauderte weiter: »Wenn das Ungeheuer vom Brombachsee wirklich nur ein Hirngespinst ist, kann es Ihren Bootsnachbarn wohl nicht in die Tiefe gerissen haben.«

»Davon bin ich sowieso nie wirklich ausgegangen«, machte Paul klar.

Er legte dar, warum er ein Verbrechen vermutete und wen er zum Kreis der Verdächtigen zählte: Neben dem Bruder des Toten und Irina, der Assistentin, sei dies vor allem Kletterparktrainer Raphael, der als Kopf der Protestbewegung gegen die neue Heilpraktikerpraxis agierte und damit zum erklärten Feind Herolds zählte.

»Okay, bei diesem Raphael erkenne ich ein Motiv«, stimmte Blohfeld zu. »Der hatte einfach was gegen Herold und sein Vorhaben. Noch dazu ist er ein Hitzkopf, ja? Aber warum verdächtigen Sie diese Irina?«

»Weil sie gleich nach unserem Treffen mit jemandem telefoniert hat und dabei sehr aufgeregt wirkte. Außerdem weiß sie mehr, als sie mir gesagt hat, da bin ich mir sicher.«

»Und der Bruder? Was für einen Grund soll der gehabt haben?«

Nach einigem Nachdenken erkannte Paul auch ein Motiv für Klaus Herold: »Er führt die Praxis nun allein weiter und muss nicht mehr nach der Pfeife seines Bruders tanzen, denn wie ich inzwischen weiß, hatten die beiden durchaus verschiedene Vorstellungen, es gab Streit. Laut Irina lagen sie sich ständig in den Haaren.«

»Dann noch mal zurück zu dieser Irina.« Blohfeld kratzte den Rest des Marmeladenglases aus. »Sie haben wirklich kein zweites im Kühlschrank?«

»Weder im Kühl- noch in einem anderen Schrank«, sagte Paul. »Was ist mit Irina?«

»Dass sie mit jemandem telefoniert hat, kurz nachdem Sie sich trafen, ist doch wirklich kein Schuldeingeständnis.«

»Das nicht«, räumte Paul ein. »Trotzdem: Sie hält mit etwas hinterm Berg. Ich bezweifle, dass sie die Wahrheit sagte, als ich sie auf das zweite Weinglas ansprach.«

»Sie glauben, dass sie für ihren Boss nicht nur arbeitete, sondern auch mit ihm ins Bett ging?«

»Möglich. – Ja, ich könnte es mir vorstellen!«

Vielleicht lag es am fehlenden Marmeladennachschub, vielleicht auch nur am schnell nachlassenden Interesse an Pauls Ermittlungen – Blohfeld verlor jedenfalls augenscheinlich die Lust daran, das Frühstück in die Länge zu ziehen, und kündigte an, sich nun weiter mit der Suche nach Brommi zu befassen. »Das wird ein letzter Anlauf. Wenn ich dieses Vieh heute nicht erwische, dann nie. Mein Chef hat mir eine Frist gesetzt. Ohne Resultate muss ich morgen wieder in Nürnberg antreten.«

»Schreiben Sie doch einfach noch einmal was über Nudisten«, schlug Paul vor.

»So eine Story verkauft sich nur einmal. Nein, nein, die Schonfrist ist vorbei, jetzt muss ich liefern.«

»Immerhin hatten Sie ein paar nette Tage am See«, tröstete Paul. »Es gibt Dienstreisen mit weniger Annehmlichkeiten.« Er hob den Finger. »Bevor Sie aufbrechen ...«

»Ja?«, fragte Blohfeld argwöhnisch.

»Ich habe ziemlich viel für Sie getan in den letzten Tagen: die Kamera, das Essen, die guten Tipps ...«

»Worauf wollen Sie hinaus?«

»Also, wenn ich Ihnen schon so viel Schützenhilfe leiste, fordere ich wenigstens eine kleine Gegenleistung.«

»Die haben Sie bereits bekommen. Schon vergessen? Ich habe Ihren Köter gehütet, während Sie sich im Kletterpark vergnügt haben.«

»Ich will mehr.«

»Was stellen Sie sich denn da vor?«

»Mal wieder einen neuen Auftrag, möglichst lukrativ. Nächste Woche, nach meinem Urlaub, steht bei mir noch nichts im Terminkalender.«

Blohfeld kratzte sich am Kopf. »Lassen Sie mich mal überlegen. Mmmh. Ja, ich hätte da was. Eine Fotoreportage.«

»In Nürnberg?«

»Nein, Fürth.«

»Wo?«

»Fürth.«

»Oh! Fürth also?«

»Ja, Fürth.«

»Nicht doch eher Nürnberg?«

»Nein, Fürth.«

»Fürth – wie soll ich denn da hinkommen?«

»U-Bahn, Auto, per Anhalter. Fürth ist ja nicht aus der Welt. Sie können auch durch den Pegnitzgrund radeln, wenn Ihnen das lieber ist.«

»Ach, wissen Sie: Vielleicht warte ich, bis sich etwas anderes bietet.«

»Wie Sie meinen.«

Dann verabschiedeten sie sich. Paul blieb selbstkritisch zurück.

Vielleicht, so dachte er mit Blick aufs glatte, friedliche Wasser, sollte er das Ermitteln sein lassen. Es ergab wenig Sinn, einem Täter oder einer Täterin hinterherzujagen, der oder die wahrscheinlich gar nicht existierte, wenn nicht einmal die Polizei an einen Mord glaubte, ebenso wenig wie an das Ungeheuer vom Brombachsee. Doch wenigstens die Ungereimtheiten bezüglich der Herzog-Brüder wollte er noch klären, bevor er sich ganz dem Relaxen widmete. Um mehr über das Verhältnis der beiden herauszufinden, nahm er sich vor, noch einmal mit dem Vermieter der neuen Praxis zu sprechen.

*

Der strahlende Tag mit wolkenlosem Himmel verlor sich, als Paul das Wäldchen erreichte, welches das Grundstück zum kleinen Schloss markierte. Die dichten Laubkronen schirmten das Sonnenlicht ab und reduzierten es auf gedämpfte Grün- und Blautöne. Die spezielle Melange besaß etwas Mystisches, und auch bei seinem zweiten Besuch an diesem Ort fühlte sich Paul wie in ein Märchen versetzt – fehlten bloß noch die Elfen, die hinter den Bäumen hervorlugten. Nessie schien ähnlich zu empfinden, denn sie wirkte besonders aufmerksam und hob immer wieder die Schnauze, um Witterung aufzunehmen.

Während Paul den Kiesweg abschritt, glitten seine Blicke über das Anwesen. Von den Schmierereien an den Wänden des Nebengebäudes war nichts mehr zu erkennen. Der Hausherr hatte ganze Arbeit geleistet und alle Parolen übertüncht. Neue waren nicht hinzugekommen, auch sonst konnte Paul keine Spuren des Protests entdecken.

Paul stellte sich vor die Fassade des Haupthauses und bewunderte die Verzierungen und Ornamente, die von Wohlstand kündeten. Er sah aber auch Efeu an Stellen, wo er nicht hingehörte, abplatzenden Putz, und unter seinen Füßen bröckelte die weiße Marmortreppe.

Er läutete. Ob sich Mathis Schuberth an ihn erinnern würde?

»Grüß Gott?«

Nicht Schuberth öffnete, sondern eine Frau. Paul verschlug es für einen Augenblick die Sprache, denn sie passte auf geradezu wundersame Weise zu diesem Schlösschen und wirkte durch ihre luftigen, weit fallenden Kleider, das offene, wellige Haar, vor allem aber durch den Lichtstrahl, der sich durch das Laub bohrte und sie leuchten ließ wie unter einem Theaterspot, wie ein übernatürliches Wesen.

»Was wünschen Sie?«, fragte die Erscheinung.

Paul merkte am misstrauischen Ton, dass er sich gerade sehr seltsam verhielt, indem er einfach nur gaffte und schwieg. »Entschuldigen Sie bitte«, sagte er. »Mein Name ist Flemming. Ich bin neulich schon hier gewesen und habe mit Herrn Schuberth gesprochen. Ihr Mann, wie ich annehme?«

Die Frau, die Paul etwa auf Schuberths Alter schätzte, trat einen Schritt vor und damit aus dem Lichtkegel, wodurch ihr Zauber verflog. Durch die dunklen Gläser ihrer großen Sonnenbrille schien sie Paul zu taxieren, als könnte sie von seiner Kleidung ablesen, welche Firma oder Interessengruppe er vertrat.

»Um was geht es?«, fragte sie abweisend. Offenbar hatte Paul mit seinen Shorts und dem Poloshirt die Prüfung nicht bestanden.

»Um den Einzug der Praxis in Ihr Schloss«, sagte Paul, woraufhin sich ihre Haltung veränderte.

Sie trat einen Schritt zur Seite und gab den Eingang frei: »Ach, Sie kommen von Herold! Warum sagen Sie das nicht gleich? Das ist doch auch sein Hund. Bitte, herein mit Ihnen.«

Auch im Inneren wirkte alles hochwertig und stilvoll inklusive großem Kristallleuchter und brusthohen Vasen, die sich im weitläufigen Foyer verteilten – allerdings war die Einrichtung insgesamt sichtbar in die Jahre gekommen. Eine Vorhalle, die gerade wegen ihrer Schlichtheit besonders großzügig wirkte. Alte, schwarz-weiße Fliesen bedeckten den Boden, eine geschwungene Treppe mit geschnitztem Geländer führte im hinteren Teil des Raumes nach oben. Daneben hing ein leicht verschossener Gobelin, auf dem eine biblische Szene dargestellt war. Auf beiden Seiten der Halle öffneten sich Doppeltüren in die Seitenflügel. In der Raummitte stand auf einem Sockel ein marmornes Abbild von Pan mit Flöte, darüber schwebte der Kristallleuchter.

Frau Schuberth redete, ohne dass Paul zu Wort kam: »Eine Tragödie, das mit Ihrem Chef. Wie soll es ohne ihn weitergehen? Wir haben bisher keine Informationen darüber von Ihrem Büro erhalten. Ist die Abmachung überhaupt noch gültig, wenn einer der Vertragspartner stirbt? Wir möchten rasch Klarheit in diesen Dingen. Ich bin davon ausgegangen, dass sich der Bruder von Herrn Herold darum kümmert. Er war sein Kompagnon. Weshalb meldet er sich nicht persönlich bei uns, sondern schickt Sie?«

Paul wartete ihren Redeschwall ab, bis er sich als derjenige zu erkennen gab, der er wirklich war.

Frau Schuberth reagierte empört. »Dann sind Sie gar nicht wegen der neuen Praxis hier? Was fällt Ihnen ein, so was zu behaupten?«

»Doch, genau deswegen bin ich gekommen«, erklärte Paul. »Ich habe das zwar nicht so beabsichtigt, aber mittlerweile stecke ich tief in der ganzen Thematik drin und fühle mich verpflichtet, etwas zu tun.«

»Das haben Sie doch schon, indem Sie die Hündin aufgenommen haben«, sagte Frau Schuberth nun schon etwas weniger echauffiert. »Sind Sie den ganzen Weg aus der Stadt zu Fuß hierhergekommen? Die arme Kleine hechelt, als würde sie gleich verdursten. Moment, ich hole eben ein Schälchen Wasser aus der Küche.«

Als sie zurückkehrte, schien das Eis gebrochen zu sein, und Paul begann seine Fragen zu stellen: »Es gibt ziemlich viele Vorbehalte dagegen, dass Sie hier einen Heilpraktiker einziehen lassen. Haben Sie dafür eine Erklärung? Sind die Proteste nicht übertrieben?«

Frau Schuberth, die ihre große Sonnenbrille noch immer nicht abgenommen hatte, ließ ein leises Seufzen hören. »Es ist kompliziert«, sagte sie dann. »Unsere Pläne sahen eigentlich ein Ärztehaus mit mehreren konventionellen Praxen und vielleicht sogar einer kleinen Apotheke vor, aber dafür gab es keine Genehmigung. Deswegen haben wir nach etwas Kleinerem gesucht und kamen mit den Herolds in Kontakt. Einen Heilpraktiker aufzunehmen hielten wir für eine gute Idee.«

»Aber?«

»Was wir anfangs übersehen haben, weil wir uns nicht so genau damit beschäftigt hatten, sind Herolds *Methoden.*«

»Was sind denn das für besondere Methoden, wenn Sie das so betonen?«

»Kontaktheilen, magnetisches Heilen, Energieheilen«, zählte Frau Schuberth auf. »Das Erste kennt man auch unter ›Hände auflegen‹, und Kritiker verwenden den Begriff ›Geistheilen‹.«

»Das ist es also, woran sich die Proteste entzünden. Ich hatte gehört, es ginge in Richtung Esoterik, aber da verschwimmen wohl leicht die Grenzen.«

Sie nickte. »Nachdem uns klar wurde, dass es Probleme geben könnte, haben wir das Gespräch mit Herold gesucht. Er hat uns versichert, dass sein Ansatz absolut seriös und authentisch sei, und beteuerte uns gegenüber, er kläre jeden seiner Patienten vor der Behandlung auf, dass er niemanden heilen könnte, sondern nur Hilfestellung zur Selbstheilung leiste. Er lehnte die Schulmedizin nicht ab, sondern versuchte, mit ihr zusammenzuarbeiten. Bloß, dass er Begriffe wie Gesundheit und Heilen umfassender definierte als die klassische Schulmedizin.«

»Das hat Sie überzeugt?«

»Letztlich ja. Wir haben es dann per Handschlag mit ihm besiegelt.«

Paul sah sich in dem großen leeren Foyer um, in dem die Hausherrin etwas verloren wirkte. »Von den Handwerkern ist aber noch keiner zu sehen.«

»Das ist ja das Problem! Wir hatten alle Details mit Herrn Herold ausgehandelt, nur die Unterschriften unter dem Vertrag fehlten noch. Erst konnte es ihm nicht schnell genug gehen, dann verzögerte sich alles. Immer wieder hat er uns vertröstet.«

Nessie hatte die Schale bis auf einen dünnen feuchten Film am Boden ausgeleckt, da kam Paul auf die Reibereien zwischen den Brüdern zu sprechen. Frau Schuberth wusste sofort, wovon er redete, und kannte sogar einen Grund dafür.

»Es gibt Gerüchte, wonach Klaus Herold vor der Privatinsolvenz steht. Sein Bruder wollte ihn deshalb aus der gemeinsamen Praxis in Düsseldorf drängen, und auch mit der neuen Niederlassung sollte er nichts mehr zu tun haben. Wie gesagt, das sind Gerüchte. Aber Sie können sich vorstellen, dass wir nicht begeistert sind von diesen Aussichten. Was das für den Pachtvertrag heißt?« Sie hielt ratlos die Handflächen nach oben.

Zum Schluss stellte Paul die Frage, die ihn am meisten interessierte.

»Ob Uwe Herold eine Lebensgefährtin hatte? Das weiß ich nicht«, antwortete Frau Schuberth.

Paul erklärte den Grund für diese Frage und erzählte von den zwei Weingläsern. »An einem klebte Lippenstift.«

»Ach, wirklich?«

Paul meinte, ein leichtes Zucken um ihre Mundwinkel wahrzunehmen. Vielleicht war das aber auch bloß Einbildung.

*

Paul kaufte einige Vorräte fürs Hausboot, denn heute wollte er mal wieder an Bord essen. An einem kleinen Gemüsestand deckte er sich mit Kartoffeln ein – dicke Knollen, von denen die Ackererde bröselte, außerdem eine Handvoll Stangenbohnen und einen Kopfsalat. Er zahlte und erkundigte sich nach einem Metzger.

Unterwegs rief er Katinka an. »Alles klar in Wiesbaden? Wie läuft eure Juristensause?«

Katinka konnte darüber nicht lachen. »Ich habe es dir beim letzten Mal nicht erzählt, weil ich eigentlich erst darüber reden wollte, wenn ich bei dir bin. Es gab einen tragischen Zwischenfall.«

Paul erschrak. »Ist dir was passiert?«

»Nein, nein, mir geht es gut. Es handelt sich um einen der Dozenten: Dr. Gerstner aus Nürnberg, du müsstest ihn kennen.«

Oh ja, Paul kannte diesen Herrn: Stammkunde bei Jan-

Patrick und bereits unangenehm aufgefallen wegen Zechprellerei – ausgerechnet ein Großkopferter wie er.

»Er hatte einen Kreislaufkollaps und ist gestorben«, teilte Katinka ihm mit.

»Das tut mir leid«, sagte Paul, obwohl sich seine Trauer um den wenig sympathischen Mann in Grenzen hielt. »Aber ihr macht trotzdem weiter?«

»Ja, wir ziehen das durch wie geplant«, sagte Katinka und erkundigte sich, ob es Neues gebe.

»Keine neuen Sichtungen von Brommi, obwohl es Blohfeld mit Drohne und Teleobjektiv versucht hat. Übrigens mein Objektiv, das der Trottel im See versenkt hat.«

»Ich hoffe, du machst Witze.«

»Leider nein. Mal sehen, was die Versicherung dafür noch zahlt.«

»Bist du denn bei den Herolds weitergekommen?«

»Ich denke schon«, sagte Paul, während er durch die Dorfstraße schlenderte. »Es gibt jede Menge Zündstoff. Die Besitzerin von dem Schlösschen, in dem Uwe Herold seine Praxis aufmachen wollte, hat behauptet, dass Klaus Herold vor der Pleite steht und sein Bruder ihn aus dem Geschäft zu drängen versuchte. Ein lupenreines Mordmotiv, oder? Außerdem soll sich Klaus Herold schon seit einigen Tagen in der Gegend aufhalten, hätte also auch die Gelegenheit für die Tat gehabt.«

»Fleißig, fleißig«, lobte Katinka. »Fehlt bloß die Tatgeneigtheit.«

»Entschlossen und kräftig genug wäre er«, meinte Paul. »Das nutzt aber wenig ohne Beweise oder Geständnis.«

»Du sagst es. Außerdem hast du ja noch andere Kandidaten an der Hand, wie diesen Esoterik-Gegner zum Beispiel.«

»Richtig, meine Recherchen sind noch nicht beendet, obwohl ich schon damit geliebäugelt habe aufzuhören.«

»Sonst wäre es ja auch langweilig für dich. Nur am See sitzen und Däumchen drehen, das würdest du keinen halben Tag aushalten.«

»Meinst du nicht, es wäre an der Zeit, offizielle Ermittlungen einzuleiten?«, drängte Paul.

»Die Polizei war vor Ort, danach hat sich Jasmin Stahl damit befasst, aber niemand hielt es für nötig, die Staatsanwaltschaft einzuschalten. Ich verlasse mich da auf die Fachleute.«

Paul hielt das Handy auf Abstand und zog Grimassen. »Hallo?«, ärgerte er sich laut. »Gerade hast du noch mein Engagement gelobt, und jetzt soll das gar nichts zählen?«

»Das sind alles nette Informationen, die du gesammelt hast. Aber wie du eben selbst sagtest: Es gibt null Beweise für eine Gewalttat. Im Gegenteil: Der Unfallhergang ist sauber und schlüssig dokumentiert. Mit Betonung auf *Unfall*. Tut mir leid, Paul, aber ich kann mich nicht weiter damit beschäftigen. Vorschlag zur Güte«, sagte sie dann nach kurzer Pause. »Freitagabend oder spätestens Samstag bin ich eh bei dir. Dann schau ich mir alles an, und wenn es irgendetwas Handfestes gibt, kümmere ich mich darum.«

Besser als nichts, gab sich Paul zufrieden.

*

Kaum hatte Katinka das Handy weggesteckt, meldete sich das schlechte Gewissen. Wieder einmal hatte sie Paul mehr oder weniger abgekanzelt und ihm zu verstehen gegeben, dass sie seine Privatermittlungen nicht richtig ernst nahm. Das schien ihr bei genauerem Nachdenken nicht fair zu sein, denn was sie selbst gerade praktizierte, machte im Grunde keinen Unterschied zu Pauls Verhalten. Sie »schnüffelte« hinter einem Fall her, der offiziell genauso wenig als solcher bezeichnet werden konnte wie der von Paul. Auch für Dr. Gerstners Ableben existierte nicht ein einziges Indiz, das in Richtung Fremdverschulden deutete. Trotzdem klemmte sie sich dahinter – auch sie ohne offizielle Legitimation, genau wie ihr Paul. Eigentlich, so dachte sie, waren sie sich eben doch sehr ähnlich.

Der Workshop, der heute anstand, gab ihr Gelegenheit, sich mit jedem und jeder ihrer Kollegen zu unterhalten. Im Hinterkopf hatte sie dabei stets den Gedanken, dass eine der anwesenden Juristinnen womöglich ein Menschenleben auf dem Gewissen hatte.

»So nachdenklich?«, sprach Inge sie während einer kurzen Pause an. »Lass mich raten: Du bist immer noch am Hadern, was den Tod von Gerstner anbelangt. Das lässt dir keine Ruhe, was?«

»Zugegeben: Es ist ein ziemlicher Schock gewesen. Und ja, es beschäftigt mich sehr. Ich frage mich zum Beispiel nach wie vor …«

Inge legte ihr die Hand auf den Unterarm. »Wir sind hier, um uns für ein paar Tage der Theorie zu widmen und den Kopf frei zu bekommen, was uns im beruflichen Alltag nur selten gelingt. Vertu diese Chance nicht, Katinka, die echten Mordfälle warten früh genug wieder auf dich.«

Katinka beschloss, auf den Rat ihrer Bekannten zu hören. Jedenfalls für den Moment.

*

Paul trug seine Einkäufe über den Anleger. Unter seinen Füßen knarrten die Holzplanken. Doch das blieben nicht die einzigen Geräusche: Deutlich hörte er ein Scheppern – es kam von seinem Hausboot!

Nessie bellte und zog an der Leine. Paul beeilte sich, die letzten Meter hinter sich zu lassen, sprang aufs Deck, stellte die Tüten ab und umrundete das Boot. Dort traf er auf Klaus Herold, der in der Hocke saß und die Scherben eines Steingutkrugs aufsammelte, den Paul für Wasser und Weißwein verwendete.

Als er Paul bemerkte, richtete er sich auf. »Der Krug stand ganz am Rand vom Tisch, ich bin aus Versehen dagegengestoßen.« Herold wirkte aufgebracht. »Ich muss mit Ihnen reden!«

Paul betrachtete erst die Scherben, dann das rot angelaufene Gesicht Herolds.

»Ich bin Ihnen wirklich sehr dankbar dafür, dass Sie sich um den Hund kümmern«, sagte der ungebetene Gast mit mühsam unterdrücktem Zorn. »Aber es kann nicht angehen, dass Sie sich weiter in unsere Angelegenheiten einmischen. Unsere Familie, die Praxis – all das geht Sie nichts an!«

»Worauf wollen Sie hinaus?«

»Darauf, dass Sie gegen mich intrigieren. Mir ist zugetragen worden, dass Sie sich mit einer ehemaligen Angestellten meines Bruders getroffen haben, von der ich genau weiß, dass sie gegen mich hetzt. Wenn Sie die Falschheiten, die diese Person in die Welt setzt, weiterverbreiten, schadet das nicht nur mir, sondern auch dem Ruf der Praxis.«

»Ich verbreite nichts weiter«, verteidigte sich Paul.

»Warum hat sich dann die Polizei noch einmal bei mir gemeldet und Fragen gestellt?«, blaffte Herold ihn an und kam dabei näher. Nessie ließ ein leises Knurren hören. »Da können doch nur Sie dahinterstecken.«

»Eines kann ich Ihnen versichern«, entgegnete Paul. »Mit der hiesigen Polizei habe ich nicht das Geringste zu schaffen. Nachdem ich Ihren Bruder aufgefunden hatte, wurde ich befragt, aber das ist auch schon alles. Was auch immer die Polizei bewogen hat, sich noch einmal an Sie zu wenden – von mir hat sie ganz bestimmt keinen Tipp bekommen.« Unerwähnt ließ er die Möglichkeit, dass Jasmin oder vielleicht sogar Katinka im Hintergrund ihre Fäden zog und die örtliche Polizei informiert hatte. »Außerdem haben Sie sich das selbst zuzuschreiben.«

Herold funkelte ihn böse an.

»Zum Beispiel den Zeitraum Ihres Aufenthalts hier am Brombachsee. Stimmt es etwa nicht, dass Sie schon hier gewesen sind, als Ihr Bruder ums Leben kam?«

Herold schnaufte angriffslustig. Nessies Knurren wurde lauter.

»Und dass es Streit zwischen Ihnen und Ihrem Bruder gegeben hat, gehört auch zur Wahrheit. Oder etwa nicht?«, setzte Paul noch einen drauf.

Daraufhin warnte Herold ihn, nur ja nicht zu weit zu gehen. »Ich bin ein friedliebender Mensch, aber irgendwo stößt jeder an seine Grenzen«, behauptete der bullige Mann, um dessen Füße verstreute Scherben lagen und der gerade alles andere als friedfertig aussah.

»Ich lasse mir nicht drohen«, stellte Paul klar und verschränkte die Arme. »Wenn ich mich für etwas interessiere, kann mich keiner davon abbringen.«

Herold reagierte, indem er die Fäuste ballte und dicht vor Paul trat. Zu dicht! Nessie machte einen Satz und schnappte nach ihm.

»Du Mistvieh!«, brüllte Herold und zog sein Bein zurück. Mit schmerzverzerrtem Gesicht sah er Paul an. »Das wird Konsequenzen haben!«, warnte er und zog humpelnd ab.

Paul beugte sich zu Nessie hinunter, die ihn verstört ansah. Er wedelte mit dem Zeigefinger. »Das darfst du nicht tun!«, schalt er die Hündin. »Niemals beißen! Nein, nein, nein, das machst du nie wieder!«

Er nahm sich einen Besen, um den zerbrochenen Krug zusammenzukehren. Währenddessen überlegte er, was er von all dem halten sollte. War Klaus Herold der Mörder seines Bruders? Er hatte ein Motiv, Gelegenheit und mit seinem Auftritt soeben anschaulich unter Beweis gestellt, dass er auch über eine Tatgeneigtheit verfügte, womit der kriminalistische Dreiklang komplett wäre.

Später, Paul schälte die Kartoffeln und trank dazu ein Glas Wein, merkte er, dass er nicht entspannen konnte. Er fühlte sich nicht mehr sicher auf dem Boot, wo es doch so einfach war, hier einzudringen.

Es wäre ein Leichtes, die Sachen zu packen und zurück nach Nürnberg zu fahren. Schon heute Abend könnte er zu Hause in seinem eigenen Bett schlafen. Die Verlockung stand greifbar im Raum. Doch Paul verwarf den Gedanken. Kneifen kam für ihn nicht infrage.

*

Noch einmal ging Paul über die Kaianlage und schlenderte an den Hausbooten entlang; der Abend war einfach zu schön, um ihn in der Kajüte zu verbringen. Er erfreute sich an der majestätischen Weite des Sees, der vom satten Grün der umstehenden Bäume gesäumt wurde. Mochte dieses

Gewässer auch künstlich sein, von Menschenhand geschaffen, so wirkte es doch, als hätte es den See schon immer gegeben. Er fügte sich harmonisch ein in die natürliche Umgebung und ergänzte sie um einen weiteren Lebensraum: den der Fische und Wasserpflanzen, Seevögel und zahllosen Insekten.

Während Paul die Aussicht genoss und philosophierte, färbte sich der Horizont rötlich, und er merkte, dass es ihm in seinem dünnen T-Shirt allmählich zu kühl wurde. Ein letzter Rundumblick, dann wollte er hineingehen – doch plötzlich stutzte er. Sein Blick blieb an etwas Glänzendem im Wasser hängen, ganz nahe an einem der Boote. Paul sah genauer hin und ahnte, dass die Reflektion von der Linse des Objektivs stammen musste, das Blohfeld versenkt hatte. Ja, kein Zweifel, nun konnte er auch den Korpus der Kamera erkennen, mit dem das Tele verbunden war.

Paul beeilte sich, um sein eigenes Boot zu erreichen, schnappte sich einen am Bug befestigten Enterhaken und kehrte zu der Stelle zurück, an der er seine Entdeckung gemacht hatte. Nessie folgte ihm interessiert. Er tauchte den Haken ins Wasser und versuchte, den Halteriemen des Fotoapparats zu erwischen. Das erwies sich als schwieriger als gedacht und erforderte einiges an Geschick. Erschwerend kam hinzu, dass es immer dunkler wurde.

Doch schließlich gelang es ihm, und Paul fischte die Kamera samt Objektiv aus dem See. Als er sie in den Händen hielt, wischte er Schlick und Algen vom Gehäuse und musste feststellen, dass der Fotoapparat einiges abbekommen hatte. Auch die Optik sah nicht gut aus, die Linsen waren blind. Trotzdem nahm Paul das Gerät mit, um es zu reinigen und zu testen, ob noch ein Rest von Leben in der teuren Ausrüstung steckte.

Während sich Nessie auf dem weichen Sofapolster zusammenkringelte und schlief, begutachtete Paul unterm Licht der Tischlampe den ramponierten Fotoapparat und öffnete sämtliche Klappen und Verschlüsse, damit die Feuchtigkeit entweichen konnte. Er entfernte auch den Akku, entnahm die Speicherkarte und hielt sie einen Moment lang nachdenklich zwischen den Fingern. Die Karte sah okay aus, Paul konnte keine Beschädigungen erkennen. Sollte er sie in seinen Laptop stecken und die Fotos auslesen? Vielleicht war Blohfeld ja wirklich eine Aufnahme von Brommi gelungen, kurz bevor die Kamera ihm entglitt.

Paul tupfte die Karte mit Zewa trocken und schob sie ins Kartenfach des Computers. Wie sich herausstellte, enthielt der Speicher sehr viele Fotos. Paul nahm sich die jüngeren Aufnahmen vor. Die ersten Bilder brachten ihn dazu, den Kopf zu schütteln. Der Reporter hatte das Teleobjektiv dazu verwendet, Badegäste aufzunehmen – oder vielmehr: Badegästinnen. Je knapper deren Bikinis, desto öfter hatte Blohfeld ausgelöst. Dann aber wurde es interessant: Die letzten fünf Aufnahmen waren nicht besonders gelungen, leicht unscharf und verschwommen, auch die Belichtung war nicht optimal. Die Fotos zeigten einen Ausschnitt des Sees mit seinem typisch blaugrünen Wasser. Und mittendrin, wie ein langer Schatten, bildete sich ein deutlich sichtbares Objekt ab. Recht groß, dunkel, gleich der Haut eines Wales.

Paul stutzte. Sollte Blohfeld etwa wirklich einen Treffer gelandet haben? Sorgfältig studierte er ein Bild nach dem anderen. Das seltsame Gebilde veränderte die Position, schien sich zu schlängeln. Als würde es tatsächlich leben.

Paul blickte auf, rieb sich die Augen.

6

Begrüße den Tag hieß der Programmpunkt, für den Katinka den Wecker auf sechs Uhr stellen musste. Nur knapp die Hälfte der Seminarteilnehmer hatte sich neben ihr dazu aufraffen können, sich zum Sonnenaufgang auf der Wiese vorm Hotel zu versammeln und die yogaähnlichen Übungen der Kursleiterin nachzuahmen.

Neben Katinka stand Helena, eine Kollegin aus der Staatsanwaltschaft, und gähnte. »Hätte ich mich doch lieber noch mal auf dem Kopfkissen umgedreht«, sagte die etwas korpulente Frau, die sich mit den Dehnübungen schwertat.

»Ja, eine Stunde mehr Schlaf wäre nicht schlecht gewesen«, pflichtete Katinka ihr bei. »Vor allem, nachdem es an der Hotelbar so spät geworden ist.«

»Oh ja!«, stöhnte Helena und fasste sich an die Stirn. »Die letzte Runde hätte ich mir besser gespart.«

Katinka wollte den Ausklang des gestrigen Abends dennoch nicht missen, hatte sie doch bei der Gelegenheit wichtige Informationen über Dr. Gerstner aufgeschnappt. Nämlich, dass er auch am Scheidungsfall einer Seminarteilnehmerin beteiligt gewesen sein sollte – für die Gegenseite! Die Kollegin habe seitdem einen Groll gegen den Scheidungsanwalt gehegt. Leider wollte der bierselige Richter, der Katinka diese pikante Anekdote anvertraute, mit keinen Namen herausrücken.

»Ich weiß wirklich nicht, warum ich mir das antue«, ächzte Helena und beugte die Wirbelsäule, so weit es ging. »Hätte ich doch auf meinen inneren Schweinehund gehört.«

»Ich tippe mal, dass Dr. Gerstner sich das Verrenken zur frühen Morgenstunde auch erspart hätte«, merkte Katinka an. »Er ist nicht sehr sportlich gewesen, richtig?«

»Das kann ich nicht beurteilen, aber besonders fit hat er nicht ausgesehen – war er ja auch wirklich nicht, wie wir inzwischen wissen. Dass er überhaupt als Dozent eingesprungen ist, hat mich gewundert. Normalerweise machte er so etwas nicht. Nicht lukrativ genug.«

»Ach so?«, horchte Katinka auf. »Warum hat er es dann doch getan?«

»Auf Drängen einer Kollegin, die ihn gern dabeihaben wollte.«

Katinka hatte damit aufgehört, der Übungsleiterin zu folgen. »Welche Kollegin?«

»Inge«, antwortete Helena unbefangen. »Soweit ich weiß, hat sie darauf gedrungen, dass er den Auftrag annimmt.«

Katinka grübelte. Warum hatte Inge kein Wort darüber verloren? »Das ist mir neu, dass Gerstner und Inge befreundet waren.«

»Befreundet trifft es wohl nicht ganz. Gerstner ist als Anwalt im Spiel gewesen bei ihrer Scheidung.«

»Auf Inges Seite?«

»Nein, auf der ihres Mannes«, antwortete Helena. »Dass sie ihm trotzdem diesen Auftrag zugeschanzt hat, hat mich gelinde gesagt etwas gewundert.«

*

Paul hatte schlecht geschlafen. Nicht nur, weil ihm der Schrecken wegen des ungebetenen Besuchs in den Knochen steckte, sondern auch wegen Katinka, die er allmählich echt vermisste. Außerdem hatte er sich Gedanken über Nessie gemacht und dass sie nach Herold geschnappt hatte. Musste er ihr jetzt einen Maulkorb kaufen? Oder in die Hundeschule gehen, wo ihr ein solches Verhalten abtrainiert wurde? Doch dafür war sie wohl schon zu alt. Wie auch immer: Der neue Tag legte keinen guten Start hin, auch wenn er noch so strahlend daherkam und den See funkeln ließ.

Paul wollte das Gassigehen damit verbinden, sich frische Semmeln zu holen oder vielleicht ein Croissant, wenn es das gab. Ramsberg wirkte heute früh wie ein verschlafenes Nest. Kaum ein Tourist ließ sich blicken, obwohl es schon auf zehn Uhr zuging. Lag vielleicht am Wochentag. Ab Freitag war bestimmt wieder die Hölle los, wenn das gute Wetter anhielt.

Gerade kreuzte Paul die Dorfstraße, da schoss ein Auto um die Kurve – viel zu schnell für die enge Ortsdurchfahrt.

Paul blieb sofort stehen und straffte die Leine, gerade rechtzeitig, um Nessie zurück auf den Gehsteig zu ziehen. In der nächsten Sekunde raste der rote Kadett an ihnen vorbei. Paul schaute dem Wagen hinterher und sah, wie er in Richtung Bahnberg davonfuhr. In seinen Ärger mischte sich Neugierde, da er meinte, in der Fahrerin Herolds Assistentin Irina erkannt zu haben.

»Ob sie es wirklich war?«, redete er vor sich hin. »Komm, Nessie, wir gehen hinterher und gucken, wohin sie so eilig wollte.«

Sie folgten dem Straßenverlauf, als Nessie in der Oberen Dorfstraße stehen blieb und ihr Geschäft verrichtete. Paul wartete ungeduldig ab und zog dann an der Leine.

»Heben Sie das nicht auf?«, wurde er von einer Frau angesprochen, als er gerade weitergehen wollte. Sie sah ihn ziemlich streng an. »Hier hängen überall Spender mit Kotbeuteln«, sagte sie und zeigte auf einen Laternenmast, der nur ein paar Meter entfernt war.

Da sie keine Anstalten machte, weiterzugehen, zog Paul eine Plastiktüte aus dem Spender und hielt sie mit spitzen Fingern vor sich. »Ich bin erst seit Kurzem Hundehalter.«

»Ach ja? Was ist denn das für eine Rasse? Mischling, würde ich sagen. Da könnte ein Jack Russell drinstecken.«

Paul zuckte die Schultern. »Keine Ahnung.«

Die Frau nickte in Richtung des Hundehaufens. »Sie müssen den Kot mit dem Beutel aufnehmen, auf links drehen und zuknoten«, erklärte sie nun etwas zugewandter. »Sie können ihn danach in jeden Abfallkorb werfen.«

Paul überwand sich und folgte ihrem Rat. Was ihm nicht leichtfiel.

»Richtig, so geht's«, lobte die Frau und ergänzte versöhnlich: »Ich habe selbst zwei Hündinnen, Heidi und Claire. Da bleibt es nicht bei einem Beutel. Aber keine Sorge, Sie werden sich an die warmen Handschmeichler schon noch gewöhnen.«

Handschmeichler? Paul sah sie ungläubig an.

Paul fand den roten Kadett in der Nähe der Bahnstation wieder. Und dann sah er auch die Fahrerin: Es war tatsächlich Irina, die ein ganzes Stück entfernt auf einen Sportplatz zulief.

»Los, Nessie!«, spornte er seine Begleiterin an. »Die kriegen wir. Bin gespannt, weshalb sie es so verdammt eilig hatte.«

Sie folgten Herolds Assistentin bis zu einem größeren Gebäude, das unmittelbar neben einem Fußballplatz stand: eine Vereinsgaststätte, auf deren Terrasse einige Gäste saßen. Irina hatte ihn bisher nicht bemerkt. Das sollte auch so bleiben, weshalb sich Paul dicht an einem Sichtschutz hielt und weiter beobachtete, gespannt darauf, weshalb sich Irina so gesputet hatte.

Die Erklärung trat mit einem bekannten Gesicht auf den Plan: Raphael, der Klettermeister und Herold-Gegner, befand sich unter den Besuchern der Gaststätte und sprang auf, sobald er Irina erblickte. Die Begrüßung fiel vertraut aus. Vertraut und herzlich: Sie nahmen sich in die Arme, es gab Küsschen links und rechts.

Dass die beiden sich schon eine Weile kannten, lag für Paul auf der Hand. Er fragte sich, ob Raphael derjenige gewesen war, den Irina gleich nach ihrem Treffen mit Paul angerufen hatte. Und wenn ja: Hatte Irina Paul bewusst auf die Spur von Klaus Herold geführt, um von Raphael abzulenken? Oder ging die Initiative von Raphael aus und bildete neben den Graffitisprüchen einen weiteren Bestandteil seiner Anti-Herold-Kampagne?

Paul wagte sich näher heran. Sich einfach an einen Tisch neben die beiden zu setzen kam nicht infrage, weil sie ihn sicher gleich erkannt hätten. Deshalb schlich er sich von hinten an, stellte sich neben die Eingangstür der Vereinsgaststätte und gab vor, die Speisekarte zu lesen, die dort hing.

Tatsächlich gelang es ihm von hier aus, Gesprächsfetzen aufzufangen. Und es lohnte sich! Irina und Raphael sprachen über eine »Aktion«, die offenbar unmittelbar bevorstand, denn Raphael sagte etwas von »heute Nacht«. Damit konnte eigentlich nur eine weitere Maßnahme gegen die Praxispläne der Herolds gemeint sein, nahm Paul an, denn er schnappte auch das Wort »Esoteriker« auf. Raphael fürchtete wohl, dass Klaus Herold die Pläne seines Bruders weiterverfolgen würde. Das würde bedeuten, dass Irina auf zwei

Hochzeiten tanzte. Vielleicht hatte sie bei Uwe Herold einzig zu dem Zweck angeheuert, um für Raphael zu spionieren. So wie sie ihn offenbar anhimmelte, musste es für ihn ein Leichtes gewesen sein, sie für diese Aufgabe zu gewinnen.

Paul wartete ab, ob er mehr über die Aktion, deren Ablauf und weitere Beteiligte herausfinden würde, doch neue Gäste trafen ein und unterhielten sich so laut, dass er nichts mehr mitbekam. Er entschied abzubrechen und zog sich mit Nessie zurück, ehe er doch noch bemerkt werden konnte.

Die Gassi-Runde hatte viel länger gedauert als vorgesehen, und als Paul an den See zurückkehrte, hatte sich die Atmosphäre dort komplett verändert. Der Parkplatz vor der Badebucht, die an die Anleger grenzte, füllte sich, und überall sah er Menschen, die es ans Wasser zog – klar zu erkennen an Badematten, Sonnenschirmen und aufblasbaren Wassertieren aller Größen und Farben. Eine Luftmatratze nahm sogar die Form eines überdimensionierten Flamingos an. Auf den Wellen tummelten sich Dutzende Surfer, Stand-Up-Paddler und Kitesurfer. Segler übten sich auf Jollen, auch Kajaks waren unterwegs.

Als Paul mit der hechelnden Nessie im Schlepptau am Strand entlanglief, begegnete er einer Rettungsschwimmerin mit DLRG-Abzeichen, die sich gerade eine Bockwurst bei einer Strandbude geholt hatte. Da sie ihm (oder Nessie?) so nett zulächelte, sprach er sie an.

»Sie haben den See den ganzen Tag im Blick? Dann ist Ihnen bestimmt schon das Wassermonster untergekommen.«

»Wassermonster gibt es hier jede Menge«, antwortete sie lachend und nickte in Richtung des Plastikflamingos. »Aber ich weiß, was Sie meinen. Ein Reporter aus Nürnberg hat mich auch schon danach gefragt und manche Badegäste, die extra wegen Brommi hergekommen sind. Sogar ein paar Münchner sind dabei, obwohl die doch sonst auf ihre eigenen Seen schwören.«

»Also haben Sie Brommi nicht gesehen.«

»Nein, ich glaube nicht«, lachte die freundliche Rettungsschwimmerin. »Wenn den Leuten etwas gefährlich wird in unserem See, dann sind es keine Fische, Seeschlangen oder irgendwelche Ungeheuer, sondern Krämpfe in den Gliedmaßen, der Kreislauf oder Selbstüberschätzung. Manche versuchen, den See zu durchqueren, und vergessen dabei, dass der Brombachsse etwa so groß wie der Tegernsee ist. Man kann sich da ziemlich verschätzen mit den Entfernungen.« Sie brach ein Stück Wurst ab und hielt es Nessie hin. »Darf ich dem Hund was geben?«, fragte sie, doch da war das Würstchen auch schon verschwunden.

Nessie schleckte sich die Schnauze.

»Höchstwahrscheinlich ist Brommi ein Fake«, sagte Paul. »Ähnlich wie der große Flamingo da.« Er sah noch einmal hin, als das Wasserspielzeug gerade auf die Wellen gesetzt wurde. »Vielleicht ist es sogar genau dieser Flamingo. Nachts im Dunkeln und von Dunst umhüllt könnte es hinkommen.«

»Kann schon sein, dass da jemand ein künstliches Monster schwimmen lässt, um die Leute zu erschrecken. Manche hier haben etwas gegen Touristen«, wusste die junge Frau.

»Ach ja? Leben hier nicht alle vom Tourismus?« Er fragte, obwohl er ja bereits Äußerungen in dieser Richtung gehört hatte.

»Nicht nur. Viele gehen ganz normalen Berufen nach und pendeln in die Städte, nach Gunzenhausen zum Beispiel. Andere haben Landwirtschaft.«

»Warum sollten die Einwohner keine Urlauber mögen? Weil sie ihnen die besten Strandplätze wegschnappen?«

»Vielleicht, weil sie etwas gegen den See an sich haben. Gerade einige ältere Anwohner, die noch wissen, wie das hier alles vor der Flutung aussah, haben sich wohl nie damit abgefunden, dass ihre alte Heimat buchstäblich untergegangen ist.« Sie kräuselte die Stirn. »Wissen Sie, dass für den See elf Mühlen weichen mussten? Das Talsperrenneubauamt hat die Grundstücke und Gebäude gekauft und abgerissen. Nur die Mandlesmühle direkt unterhalb des großen Hauptsperrdamms blieb erhalten. Da ist heute das Seenland-Informationszentrum drin.«

Ein künstliches Wassermonster als späte Rache für das geflutete Heimatdorf? Paul überlegte, ob da was dran sein könnte. Doch das musste er ohne seine auskunftsfreudige Gesprächspartnerin tun, denn die steckte jetzt eine Trillerpfeife in den Mund und rannte auf eine Gruppe Jugendlicher zu, die gerade versuchten, ein Tretboot mit schreienden Kindern zum Kentern zu bringen.

Wieder an Bord des Hausboots, streckte Nessie alle viere von sich. Paul stellte beim Blick auf sein Handy fest, dass Katinka versucht hatte, ihn zu erreichen. Der Anruf war im Getümmel am Strand wohl untergegangen. Er rief zurück.

»Hallo, Katinka«, sagte er, als sie sich meldete. »Ich habe nicht mitbekommen, dass du mich sprechen wolltest. Gibt es etwas Wichtiges, oder wolltest du nur plaudern?«

»Tja, eigentlich schon wichtig – denke ich«, antwortete Katinka leise.

»Warum flüsterst du, und weshalb sagst du ›eigentlich‹? Ist es nun wichtig oder nicht?«

»Ich spreche so leise, weil die Kurseinheit schon wieder

angefangen hat. Ich stehe aber noch beim Kaffeeautomaten und wollte deine Meinung einholen, denn ich befinde mich gerade in einer Lage, die dir vertraut sein müsste.«

Paul ließ sich auf die gepolsterte Bank in der Bootskabine fallen und erfuhr, dass Katinka weiter inoffiziell im Todesfall Gerstner ermittelte – und eine befreundete Richterin unter Verdacht hatte. »Obwohl der Arzt eine natürliche Todesursache festgestellt hat, spionierst du hinter deinen Kolleginnen und Kollegen her und willst jetzt ausgerechnet einer Richterin einen Mord anlasten? Gar nicht deine Art!«

»Deswegen brauche ich ja deinen Rat. Du bist geübt in diesem unorthodoxen Vorgehen. Im Übrigen hat Inge, also die Verdächtige, ein Motiv, denn ich habe herausgefunden, dass Gerstner ihren Ex-Mann bei der Scheidung vertreten und viel für ihn rausgeholt hat. Außerdem ist sie gute fünf Minuten vor mir in die Sauna gegangen, hätte also die Zeit gehabt, Gerstner zu töten.«

»Weil du noch bei den Fußbädern warst, von denen du dich immer so schwer trennen kannst?«

»Weil ich im Ruheraum eingenickt bin.«

Paul dachte nach. »Aber hast du nicht gesagt, es war ein Kreislaufkollaps?«

»Kann man das bei oberflächlicher Untersuchung wirklich vom Tod durch Ersticken unterscheiden?«

»Du meinst, Inge hat ihm ein Handtuch über Mund und Nase gedrückt? Warum hat er sich nicht gewehrt?«

»Weil er überhitzt und träge und nicht sehr fit war? Inge hatte vermutlich leichtes Spiel. Es war von langer Hand von ihr geplant. Sie hat im Vorfeld seine Schwächen ausgelotet und ihn als Dozent zum Seminar eingeladen. Damit haben wir sogar den Vorsatz.«

»Was zu beweisen wäre ...«

Katinka räusperte sich. »Ich werde es beweisen, verlass dich drauf.«

»Sei bloß vorsichtig«, riet Paul. »Mörderinnen haben es nach meiner Erfahrung nicht gern, wenn man ihnen zu sehr auf die Pelle rückt. Apropos: Ich habe vor, heute Nacht einem anderen potenziellen Mörder aufzulauern. Im Fall Herold hat sich inzwischen nämlich auch einiges getan.« Er berichtete von der geplanten nächtlichen Aktion, über die Raphael und Irina gesprochen hatten. »Ich habe herausbekommen, wo Irina wohnt, und werde dort in der Nähe warten, bis sie zum geheimen Treffpunkt aufbricht.«

»Ganz allein?«, fragte Katinka besorgt. »Mach das nicht!«

»Du bist doch auch allein auf Mörderjagd – wo ist der Unterschied?«

»Ich bin hier in einem Hotel unter vielen Leuten, das ist etwas ganz anderes.«

»Ich kann auf mich aufpassen, keine Bange.«

»Nein, Paul, das ist zu gefährlich. Bleib lieber auf deinem Boot.«

Paul setzte zur Widerrede an, als sich Katinkas Tonfall plötzlich veränderte. Er hörte, wie sie mit jemandem sprach.

»Ach, Inge? Holst du dir auch noch einen Kaffee? Ich dachte, du wärst im Seminarraum bei den anderen.« An Paul gerichtet sagte sie gepresst: »Ich muss jetzt Schluss machen.« Sie legte auf.

*

Paul fühlte sich nicht ganz wohl in seiner Haut, als er gegen Abend aufbrach. Nessie hatte er im Hausboot zurückgelassen, was ihr nichts auszumachen schien, denn sie legte sich zufrieden mit einem Kauknochen unter den Tisch. Das Unwohlsein rührte von dem Telefonat mit Katinka her. Ihr Gespräch lag jetzt fast drei Stunden zurück, und seitdem hatte er mehrere Male versucht, sie zu erreichen, doch ohne Erfolg. Seine Sorgen wuchsen. Zwischendurch hatte er ernsthaft in Erwägung gezogen, ins Auto zu steigen und nach Wiesbaden zu fahren. Wenn sich seine Sorgen allerdings als unberechtigt herausstellen sollten, würde Katinka ganz bestimmt wenig begeistert auf sein Kommen reagieren. Nein, dachte er, er würde die Füße stillhalten und warten, bis sich Katinka wieder meldete. Wenn er sich jetzt verrückt machte, wäre niemandem geholfen.

Also konzentrierte er sich auf sein eigenes Vorhaben. Hierfür hatte er sich ein Sicherheitskonzept zurechtgelegt, denn auch in dieser Sache wollte er einen kühlen Kopf bewahren und das Risiko gering halten. Die Prämisse: Unter allen Umständen wollte er sich heute Nacht auf das Beobachten und Anfertigen von Beweisfotos beschränken, aber keinesfalls eingreifen. Das sollte später die Polizei übernehmen, der er die Fotos und Ermittlungsergebnisse zur Verfügung stellen würde. So weit der Plan.

*

Der Tag hatte es in sich gehabt, ein Vortrag den nächsten gejagt. Erst jetzt, als Katinka auf ihrem Zimmer war, sah sie, dass Paul sie mehrmals zu erreichen versucht hatte. Schon auf dem Bett liegend, wollte sie ihn zurückrufen, doch dann beließ sie es bei einer kurzen WhatsApp-Nachricht, ergänzt durch drei Herzen. Kaum hatte sie das Smartphone beiseitegelegt, fielen ihr die Augen zu, und sie dämmerte weg.

Als es kurz darauf an der Tür klopfte, schreckte sie auf und sah sich irritiert um. Draußen dämmerte es schon – sie hatte wohl doch länger geschlafen als gedacht. Ob sie das Abendessen verpasst hatte?

»Herein!«, rief sie, doch niemand rührte sich. Katinka stand auf, ging zur Tür und öffnete sie. Sie fand den Hotelflur menschenleer vor. Offenbar hatte sie sich getäuscht und sich das Klopfen nur eingebildet. Gerade wollte sie die Tür schließen, als ihr Blick auf einen gefalteten Zettel fiel, der auf der Schwelle lag. Sie hob ihn auf und las die kurz gehaltene Botschaft:

Du bist auf der richtigen Spur. Ich weiß jetzt, wie Inge es gemacht hat. Komm um acht in die Sauna, dort können wir ungestört reden. Helena.

Katinka merkte, wie ihre Hand zu zittern begann, als sie die Nachricht ein zweites Mal las. Sie war also nicht die Einzige, die einen Verdacht gegen Inge hegte. Helena, die Staatsanwältin, schien inzwischen auf der gleichen Fährte zu sein. Es klang sogar so, als hätte sie Beweise. Katinka sah auf die Uhr. Kurz vor zwanzig Uhr. Sie musste sich also beeilen, wenn sie die Verabredung einhalten wollte. Rasch schnappte sie sich ein großes Handtuch, schlüpfte in ihre Pantoffeln und verließ das Zimmer.

Den Saunabereich fand sie verwaist vor. Kein Wunder, denn um diese Zeit saßen die anderen im Speisesaal und ließen sich das Abendmenü schmecken. Nach Paprikasuppe mit Garnelen-Bouletten sollte es heute gemischten Blattsalat mit Entenbrust à l'Orange geben, alles schön sommerlich leicht. Katinka freute sich auch auf ihren favorisierten Aperitif: Limoncello mit Sekt und Basilikum.

Doch der musste warten. Sie ging durch die im Halbdunkel gehaltene Anlage, spähte durch die schmalen Scheiben in die Biosauna und das Dampfbad. Schließlich wandte sie sich der 95-Grad-Sauna zu – und erschrak. Irgendjemand hatte einen Besenstiel in die Klinke geklemmt, und von innen trommelte eine Frau verzweifelt gegen die Tür. Es war Helena, mit krebsrotem Gesicht! Katinka zögerte keine Sekunde und packte den Besen, um Helena zu befreien.

In diesem Augenblick spürte sie eine Hand auf ihrer Schulter. Mit einem kräftigen Ruck wurde sie herumgerissen.

Ehe Katinka begreifen konnte, was vor sich ging, wurde sie grob gestoßen, glitt auf den glatten Fliesen aus und fiel rückwärts zu Boden. Sie spürte einen heftigen Schmerz im Steißbein.

Als sie aufblickte, sah sie in das hassverzerrte Gesicht von Inge.

*

Dunkelheit umfing Paul, als er in seinen betagten Renault Kangoo stieg. Zu seiner Linken spiegelte sich das fahle Licht des Halbmonds auf dem See, rechts durchbrachen die Lichtkegel der Ramsberger Straßenlaternen das nächtliche Schwarz. Dreiundzwanzig Uhr. Um diese Zeit lagen die Badegäste längst in ihren Hotelbetten oder in ihren Zelten auf dem Campingplatz, denn von einem lebendigen Nachtleben konnte in dieser Gegend nicht die Rede sein.

Paul ließ den Motor an und rollte aus der Parklücke nahe dem Anleger. Er würde bloß ein paar Minuten bis zu Irinas Adresse in einem Mehrfamilienhaus am Ortsrand brauchen und hoffte, dort nicht allzu lange warten zu müssen.

Am Zielort angekommen, stellte er den Wagen so ab, dass er die Haustür gut sehen konnte. Dann kurbelte er den Sitz zurück und begann auf seinem Smartphone zu daddeln, wobei er immer wieder prüfende Blicke nach draußen warf.

Die Situation, ein Gebäude vom Auto aus zu observieren, erinnerte ihn an einen anderen Fall, der eine gefühlte Ewigkeit zurücklag. Damals, es musste fünfzehn Jahre her sein, hatte sich Paul nachts vor einer Nürnberger Würstchenfabrik auf die Lauer gelegt und stundenlang darauf gewartet, dass sich etwas tat. Man hatte die heimliche Anlieferung von Billigfleisch erwartet, das zu Original Nürnberger Rostbratwürstchen verarbeitet werden sollte – ein Skandal. Der Unterschied zu heute bestand darin, dass Paul damals Gesellschaft gehabt hatte: Stieftöchterchen Hannah saß die ganze Zeit über neben ihm und sorgte dafür, dass keine Langeweile aufkam. Nur auf das Radioprogramm hatten sie sich nicht einigen können, erinnerte sich Paul mit einem melancholischen Schmunzeln. Inzwischen hatte sich die Erde weitergedreht, die Menschen veränderten sich – nur er hockte immer noch in einem Auto (demselben wie vor fünfzehn Jahren) und spielte Privatdetektiv.

An der observierten Adresse rührte sich nichts. Paul fragte sich, ob er sich vielleicht verhört hatte, und die Aktion nicht heute, sondern an einem anderen Tag stattfinden sollte. Oder ob man ihn bemerkt hatte. Das war durchaus möglich, denn viele andere Autos standen in diesem Örtchen um diese Zeit nicht herum. Dann wäre Irena vielleicht aus der Hintertür verschwunden. Paul erwog auszusteigen und nachzusehen, doch wenn er draußen herumlief, würde das auf der menschenleeren Straße erst recht auffallen. Also hielt er sich zurück und wartete weiter.

Wieder kamen seine Gedanken auf die Würstchenfabrik – und sein Magen begann zu knurren. Hätte er sich doch wenigstens etwas zu essen eingepackt. Ganz ohne Snacks konnte das eine entbehrungsreiche Nacht werden.

Paul wechselte den Radiosender, weil ihn die alten Hits auf *Bayern 1* allmählich einschläferten. Dann warf er zum x-ten Mal einen Blick auf sein Smartphone. Noch immer nichts von Katinka, bis auf die nichtssagende WhatsApp-Nachricht, die vorhin gekommen war. Sie ließ ihn ganz schön zappeln.

Gerade überlegte er, sie anzurufen, auch wenn er sie dann wahrscheinlich beim Abendessen mit ihren Kollegen störte, da öffnete sich die Tür von Irinas Haus.

Paul richtete sich in seinem Sitz gerade auf. Endlich ging es los!

*

Katinka riss die Arme nach oben, um sich gegen die heimtückische Attacke zu verteidigen, angriffslustig, zu allem bereit – doch dort, wo eben noch Inge gestanden hatte, war niemand zu sehen. Auch die Umgebung hatte sich plötzlich verändert. Katinka befand sich nicht länger im Wellnessbereich des Hotels, sondern …

Sie rieb sich verwundert die Augen. Als sie sich erneut umsah, merkte Katinka, dass sie auf dem Bett in ihrem Hotelzimmer lag. Sie musste eingeschlafen sein. Die in der Sauna eingesperrte Helena, Inges Attacke – alles nur ein Albtraum?

Sie drehte sich um, sah auf die Uhr. Fast eine Stunde hatte sie geschlafen, die anderen waren sicher längst beim Essen. Eilig stand sie auf, machte sich rasch ein wenig frisch und verließ das Zimmer. Sie eilte durch den Flur zum Fahrstuhl – und erschrak! Vor dem Aufzug stand Inge.

»Auch spät dran?«, fragte Inge.

»Ja«, antwortete Katinka zögerlich. In ihrem Kopf jagten sich die Gedanken, und sie fragte sich, ob sie es wagen konnte, mit Inge in die Fahrstuhlkabine zu steigen. »Ich habe mich kurz ausgeruht und bin eingeschlafen.«

Inge drückte den Aufzugknopf. »Hoffentlich lassen sie uns etwas von den Vorspeisen übrig.« Sie drückte noch einmal, diesmal kräftiger. »Ich war eigentlich schon auf dem Weg nach unten, da rief mich Frau Gerstner an.«

»Die Witwe des Rechtsanwalts?«, wunderte sich Katinka.

»Ja, die arme Ute brauchte dringend Zuspruch und aufmunternde Worte. Wir sind seit vielen Jahren befreundet. Es ist ein harter Schlag für sie. Die beiden hatten ja noch viel vor.«

»Befreundet?«, fragte Katinka, ohne nachzudenken. »Ich dachte, Gerstner hätte dich vor Gericht über den Tisch gezogen? Die Scheidung von deinem Mann ...«

Inge sah sie verwundert ein. »Aber nein, Kati. Ganz im Gegenteil. Gerstner hat das Beste für *mich* herausgeholt. Mein Ex ärgert sich darüber sicherlich noch heute. Geschieht ihm recht.«

»Ach? Und ich dachte, es wäre genau umgekehrt gewesen.«

»Nein, wer behauptet denn so was? Zum Glück nicht! Gerstner hat sich wirklich sehr für mich und meine Interessen ins Zeug gelegt. Ich werde ihn vermissen, auch menschlich. Er war ein feiner Kerl, auch wenn er das gern hinter seiner rauen Schale versteckt hat.« Noch einmal betätigte sie den Knopf. »Scheint außer Betrieb zu sein. Ich fürchte, wir müssen die Treppe nehmen. Aber Bewegung tut ja gut, nicht wahr?«

»Ja«, stimmte Katinka zu und bat Inge im Stillen um Entschuldigung für das, was sie ihr unterstellt hatte.

*

Ohne sich umzublicken ging Irina los. Von Pauls Anwesenheit schien sie nichts zu bemerken. Da sie zu Fuß unterwegs war, stieg auch Paul aus seinem Wagen. Er folgte in sicherem Abstand und suchte immer wieder Schutz hinter einem Bushäuschen, einer Plakatwand oder einem Busch.

Sie ließen die letzten Höfe des Ortes hinter sich und bogen auf einen Feldweg ab, der eine Anhöhe hinaufführte. Da es hier keine Straßenlaternen mehr gab, benutzte Irina ihre Handylampe als Orientierungshilfe. Paul hätte das auch gern getan, denn der Halbmond sorgte nur für ein dünnes Licht, doch das ging natürlich nicht, sonst hätte er Irina auf sich aufmerksam gemacht. Also versuchte er, potenziellen Stolperfallen auszuweichen und trotzdem nicht den Anschluss zu verlieren. Gar nicht so einfach.

Noch schwieriger wurde es, als Irina auf einen kleinen Fichtenwald zuhielt. Die Kronen der Nadelbäume schluckten das letzte bisschen Mondlicht. Paul sah nicht mal mehr die Hand vor den eigenen Augen. Seine einzige Möglichkeit, Irina nicht zu verlieren, bestand darin, dass er dem Lichtkegel ihres Handys folgte.

Zu seinem Glück endete der Waldweg schon nach wenigen Hundert Metern und mündete in eine Lichtung. Paul wusste sofort, dass er den richtigen Riecher gehabt hatte, als er die Gruppe sah, die sich auf der Wiese versammelt hatte. Mehrere Taschenlampen ließen die vermummten

Gesichter von fünf Personen erahnen. Mit Irina, die sich ihnen anschloss, waren es sechs.

Paul behielt zunächst einen sicheren Abstand bei, merkte aber schnell, dass er aus dieser Entfernung nicht verstehen würde, worum sich das Gespräch in dem konspirativen Zirkel drehte. Daher gab er den Schutz des Waldes auf und schlich sich in gebückter Haltung näher heran. Hinter einem Strauch ging er schließlich in die Hocke und lauschte.

Bald wurde deutlich, dass ein Mann in der Gruppe den Ton angab – der Größe und auch der Stimme nach zu urteilen konnte es sich nur um Raphael handeln, was Paul nicht sonderlich überraschte. Er schwang Reden, in denen es um weitere »Aktionen« ging, und beschwor den festen Willen, nicht nachzulassen im Kampf für die eigene Sache. Die anderen stimmten zu. Paul gewann den Eindruck, dass es sich ansonsten ausschließlich um Frauen handelte. Eine bückte sich nach einem Rucksack, zog zwei Sprayflaschen heraus und begann diese zu schütteln.

Also musste heute Nacht die nächste Graffitiattacke geplant sein, folgerte Paul und konzentrierte sich weiter aufs Zuhören. Vielleicht konnte er so herausfinden, wo genau die Gruppe zuschlagen wollte, und es dann rechtzeitig der Polizei melden. Noch besser wäre es natürlich, wenn Raphael und seine Anhängerinnen auch über andere, handgreiflichere Vorhaben diskutieren würden, denn ein paar Sprayereien lieferten noch lange keinen Beweis für einen Mord.

Paul war so sehr auf seine Beobachtungen fokussiert, dass er das Knirschen der Schritte erst gar nicht wahrnahm. Als er es dann doch bemerkte und den Kopf herumriss, war es zu spät: Er bekam gerade noch mit, wie ihm jemand einen Sack über den Kopf stülpte. Dann sah er nichts mehr.

*

Katinka hatte ein schlechtes Gewissen. Eigentlich sogar zwei. Einmal gegenüber Inge, mit der sie bis eben an der Hotelbar gesessen und geplaudert hatte, wobei auch die allerletzten Zweifel an ihrer Integrität ausgeräumt werden konnten. Und dann gegenüber Paul, den sie heute mehr oder weniger ignoriert hatte. Sie hatte bis auf eine spärliche WhatsApp weder auf seine Textnachrichten reagiert, noch hatte sie ihn zwischendurch mal angerufen.

Nicht sonderlich nett. Deshalb wollte sie das jetzt, da sie zurück auf ihrem Zimmer war, endlich nachholen. Dann konnte sie ihm auch gleich von dem verrückten Traum und ihrer Aussprache mit Inge berichten.

Sie streifte die Schuhe ab, ließ sich aufs Bett fallen, nahm das Smartphone in die Hand und rief ihn an. Hoffentlich hatte er es sich in seinem Hausboot gemütlich gemacht, ließ sich von Musik berieseln und hatte sich dazu ein Bier eingeschenkt, statt dieser Irina nachzustellen.

Doch Paul nahm nicht ab. Heute sollten sie wohl nicht zueinanderfinden, dachte Katinka, nachdem sie es ein weiteres Mal erfolglos bei ihm probiert hatte. Inzwischen hatte sie sich umgezogen und bettfertig gemacht. Sie schickte Paul noch ein Emoji mit Herzchen, dann knipste sie das Licht aus und drehte sich zur Seite.

*

Er war aufgeflogen! Blind und fast ohne Luft wähnte er sich der Willkür seiner Häscher ausgeliefert, deren Stimmen er um sich herum hören konnte – böse, keifende Stimmen! Jemand schubste ihn, dann meinte er einen Tritt zu spüren.

»Spitzel!«, »Verräter!« und »Schnüffler!« waren noch die harmloseren Beschimpfungen, die Paul sich anhören musste. Ihm schwante, dass er einen üblen Fehler begangen hatte, und er fragte sich, wie diese Nacht für ihn enden würde. Mittlerweile war er zu Boden gegangen und krümmte sich, um sich vor weiteren Schlägen zu schützen.

»Lasst ihn!«, hörte er die Männerstimme, mutmaßlich die von Raphael. »Er hat genug.«

Dem konnte Paul nur beipflichten. Auch wenn er nicht ernstlich verletzt war, so hatte er doch bestimmt etliche blaue Flecken davongetragen. Er hörte, wie die anderen grummelnd und leise protestierend von ihm abließen.

Dann noch einmal Raphaels Stimme: »Es wird ihm eine Lehre sein.«

Angespannt wartete Paul darauf, was als Nächstes passieren würde. Die Gruppe schien sich abzustimmen, leise, flüsternd. Er konnte kein Wort verstehen.

Dann packte jemand seine Fußgelenke. Es folgte ein scharfes Ratschen – man hatte ihn mit Kabelbinder fixiert!

Gleich darauf Schritte im Gras, die rasch leiser wurden. Es hörte sich an, als würden die Aktivistinnen in verschiedene Richtungen verschwinden. Kurz darauf hörte Paul nur noch das leise Rauschen des Windes zwischen den Baumkronen und die einsamen Rufe eines Käuzchens.

Er ließ ein oder zwei Minuten verstreichen, bevor er es wagte, sich aus dem Sack zu befreien. Gar nicht so leicht, denn seine Arme lagen dicht am Körper, und aufstehen konnte er mit den gefesselten Beinen auch nicht. Er wälzte sich auf dem Boden und wand sich so lange hin und her, bis er den kratzenden Leinenstoff abgestreift hatte. Erleichtert atmete er auf. Als Nächstes musste er den Kabelbinder loswerden. Doch wie? Sein Taschenmesser lag im Hausboot, und in der Nähe war nichts Scharfkantiges auszumachen. Er fasste in die Hosentasche und zog seinen Schlüsselbund hervor. Mit dem gezackten Bart eines Schlüssels versuchte er, den Plastikstreifen zu durchtrennen. Vergebens.

Entnervt, sauer und müde richtete er den Blick in den dunklen Himmel und stieß einen tiefen Seufzer aus. Schließlich nahm er das Smartphone zur Hand und schickte seiner Stieftochter Hannah eine Nachricht – verbunden mit seinem aktuellen Standort.

*

Trotz fortgeschrittener Stunde setzten sie sich auf die Heckterrasse des Bootes, eine Decke über den Beinen und ein Glas Wein in der Hand.

»Danke noch mal«, sagte Paul und schenkte seiner Stieftochter ein herzliches Lächeln. »Dass du mitten in der Nacht extra aus Nürnberg hergefahren bist, um mich aus dieser blöden Lage zu befreien, rechne ich dir wirklich hoch an.«

»Ich hätte dich ja nicht verhungern und verdursten lassen können. Vielleicht wärst du sogar von Wildschweinen gefressen worden.« Hannahs etwas spöttische Tonlage ließ erahnen, dass sie Pauls Erlebnis nicht ganz so dramatisch sah wie er selbst. Außerdem hatte sie gerade ohnehin kein Auge für ihn, sondern war ganz angetan von Pauls neuer Mitbewohnerin, die sie unentwegt streichelte. »So ein süßer Hund«, schwärmte Hannah, »da kommt man ja direkt ins Nachdenken, sich auch einen anzuschaffen.«

»Nicht nötig«, wiegelte Paul ab. »Du kannst gern Nessies Hundesitterin werden. Ich werde bestimmt öfter mal darauf zurückgreifen müssen.«

Nach dem ersten Glas Wein fühlte sich Paul gekräftigt genug, um ausführlicher über sein Abenteuer zu berichten, das er gerade hinter sich gebracht hatte.

Hannah hörte aufmerksam zu, bevor sie nachfragte: »Du bist sicher, dass es dieser Raphael gewesen ist, der in der Gruppe den Ton angegeben hat?«

»Ziemlich sicher«, bestätigte Paul.

»Was willst du jetzt machen? Ihn anzeigen?«

»Auf jeden Fall.«

»Was, wenn er alles abstreitet? Du kannst nichts beweisen, hast ja nicht einmal sein Gesicht gesehen.«

»Aber das von Irina. Ich bin ihr von der Haustür bis zum geheimen Treffpunkt gefolgt. Sollte es nicht reichen, um Raphael zu verhaften, dann aber ganz sicher bei ihr.«

»Auch sie könnte behaupten, dass du dich getäuscht hast«, gab Hannah zu bedenken.

Paul schüttelte verärgert den Kopf. »Soll ich etwa auf eine Anzeige verzichten und es einfach so hinnehmen, dass diese Bande mich gefangen genommen und gefoltert hat?«

»Gefoltert? Na ja. Ist es nicht eher so gewesen, dass sie dir nur ein bisschen Angst einjagen wollten? Wie ein Folteropfer siehst du jedenfalls nicht aus.« Hannah goss ihnen beiden nach.

Paul bekräftigte, dass er Raphael und seine Gang auf jeden Fall bei der Polizei melden wollte, musste jedoch einräumen, ansonsten nicht so richtig voranzukommen. »Wer Herold auf dem Gewissen hat und warum, ist mir nach wie vor ein Rätsel.«

»Vielleicht steckt ja doch dieses Seeungeheuer dahinter, von dem so viel in den sozialen Medien zu lesen ist«, merkte Hannah an. So, wie sie das sagte, glaubte sie jedoch selbst nicht an diese Lösung.

»Die zweite ungelöste Aufgabe – auch zu Brommi habe ich keine überzeugende Idee«, meinte Paul frustriert.

»Hast du dich denn schon einmal mit einem Experten darüber unterhalten?«, fragte Hannah.

Paul sah von seinem Glas auf. »Was verstehst du unter Experten?«

»Na, mit einem Angler oder einer Anglerin! Das liegt doch auf der Hand. Die wissen am besten, was unter der Wasseroberfläche so alles kreucht und fleucht.«

Paul schnippte mit dem Finger. »Gar keine schlechte Idee. Das wird nachgeholt. Gleich morgen früh, nachdem ich Raphael angezeigt habe.«

7

Hannahs Worte vom Vorabend hatten Paul schon ein wenig gebremst in seinem Elan, es Raphael und seiner Bande heimzuzahlen. Seine Erwartungen hielten sich also in Grenzen. Dass man ihm in der Polizeiinspektion Gunzenhausen aber dermaßen wenig Interesse entgegenbrachte, überraschte ihn trotzdem. Nach zermürbender Diskussion darüber, ob eine Anzeige gegen Raphael Rupp aufgenommen werden durfte, selbst wenn die Anschuldigungen nur auf Vermutungen basierten, konnte sich Paul zwar durchsetzen, aber der zuständige Beamte wirkte dabei ausgesprochen lustlos. Er hielt Paul außerdem vor, dass er kein ärztliches Attest vorweisen konnte, um die angebliche Körperverletzung zu belegen. Außerdem fragte der Polizist, weshalb die Anzeige nicht schon gestern Nacht aufgegeben worden sei. Letztlich verließ Paul die Wache mit der Ahnung, dass Raphael und seine Anarcho-Truppe ungestraft davonkommen würden.

Draußen wartete Hannah im Wagen auf ihn, gut gelaunt und mit neuem Ziel im Navi: Die Badehalbinsel Absberg zähle zu den besten Stellen, um Angelsport zu betreiben, hatte sie gegoogelt.

Tatsächlich war einiges los, als sie eintrafen. Im Abstand von vielleicht fünf Metern reihten sich ein gutes Dutzend Männer und einige wenige Frauen entlang des Ufers. Sie trugen das obligatorische Anglergrün, saßen mit gekrümmten Rücken auf kleinen Klappstühlen und hielten die Blicke fest auf das Wasser gerichtet, auf dem die bunten Blinker dümpelten, unter denen die Köder für die Fische hingen.

Hannah blieb mit Nessie zurück, während Paul auf einen der Angler zuging, um mit ihm zu sprechen. Dieser erwies sich als alter Grantler, woraufhin es Paul bei einer der Frauen versuchte.

Die Anglerin war um die fünfzig, kräftig, mit rosa Wangen und freundlichen Augen. Als sie hörte, was Paul von ihr wissen wollte, musste sie lachen. »Bei mir hat jedenfalls noch kein Seemonster angebissen«, erwiderte sie amüsiert und überprüfte ihre beiden Ruten, bevor sie aufzählte: »Aus dem Brombachsee ziehen wir Rutten, Renken und Seeforellen. Manche Kollegen gehen auch auf Schleie, Hecht, Zander und Wels. Der Hecht gilt als aggressiver Raubfisch, schafft locker eine Körpergröße von einem Meter fünfzig und bringt bis zu zwanzig Kilo auf die Waage. Er ist kampfstark und gibt im Gegensatz zu anderen Raubfischen wie dem Zander nicht so schnell auf. Auch der Wels kann ein richtiges Monster sein: Je nach Nahrungsangebot wird er bis zu drei Meter. Solche Brocken wiegen bis zu sechzig Kilo. Meinen Sie so etwas?«

»Nein«, entgegnete Paul. »Das Ungeheuer wird als längliches, schlauchförmiges Wesen geschildert, eher wie eine Seeschlange.« Ihm kamen die Fotos in den Sinn, die Victor Blohfeld geschossen hatte. »Und es hat eine schwarz glänzende Walhaut.«

»Mit Schlangen können wir nicht dienen. Aber der Aal ist hier heimisch, wie wäre es mit dem? Der schafft es auch auf einen Meter oder mehr, und seine Schuppenhaut ist schwarz und glatt.«

»Ein Aal wäre wohl zu schlank.«

»Dann fürchte ich, dass ich mit meinem Anglerlatein am Ende bin«, bedauerte die Frau. »Am besten versuchen Sie es mal selbst. Angelerlaubniskarten erhalten Sie in der

Kultur- und Tourist-Information Pleinfeld. Vielleicht beißt Brommi ja bei Ihnen an.«

Zwar war Paul durch den netten Austausch nicht schlauer geworden, eines aber hatte die Anglerin erreicht: Paul hatte Hunger – und zwar auf Fisch. Als er das Hannah sagte, stimmte sie sofort zu, schließlich hatten sie heute das Frühstück ausfallen lassen.

Fündig wurden sie nur ein paar Meter weiter an einem Imbisswagen, der mit Forellenspezialitäten oder vielmehr Forellensnacks warb. Wie sie erfuhren, tummelte sich die Seeforelle auch im Brombachsee und in den umliegenden Gewässern. Es gab sie als Fingerfood in geräucherten Filetstücken, Forellenmus auf Pumpernickel, Forellentörtchen mit Crème fraîche und Forellenkaviar, Forellen-Crêpes, als Salat mit Orangenscheiben und Staudensellerie und sogar als Pizzabelag. Paul liebäugelte mit dem Mus, das er schon kannte. Es schmeckte sehr mild, nur ganz dezent fischig. Die Konsistenz war weich und irgendwie flauschig. Man konnte es gut mit Kalbsbries vergleichen.

Während Pauls Wahl letztlich doch auf die gefüllten Crêpes fiel, nahm Hannah zwei Scheiben frisches Bauernbrot, dick bestrichen mit Räucherforellencreme.

Mit dem Essen und je einem Softdrink gingen sie zurück ans Ufer und machten es sich dort bequem.

Paul genoss die gerollten Crêpes, denen der Meerrettich den ganz besonderen Pfiff gab. Auch Hannah wirkte zufrieden.

Pauls Smartphone störte die unbeschwerte Zweisamkeit, doch als er sah, wer ihn erreichen wollte, nahm er das Gespräch sofort an: »Hallo, Jasmin! Sag bloß, es gibt Neues in Sachen Herold?«

»Erst einmal gibt es Neues in Sachen Rupp«, sagte sie zu seiner Überraschung. Wusste sie etwa schon von Pauls nächtlichem Flop?

»Du hast Anzeige gegen den Klettermaxen erstattet, habe ich gehört. Mach dir da nicht zu große Hoffnungen. Die Kollegen haben ihn heute früh befragt. Wie du dir denken kannst, hat er die Vorwürfe abgestritten. Was mich interessieren würde: Stimmt es, dass man dir einen Sack über den Kopf gezogen hat? Einen Kartoffelsack?«

»Ob der für Kartoffeln bestimmt war oder für sonst was, hat mich nicht sonderlich interessiert«, antwortete Paul etwas pampig. »Jedenfalls ist das in meinen Augen Freiheitsberaubung, und so was gehört bestraft.«

»Ja, aber sie haben dich ja wieder laufen lassen, oder?«

»Wie man's nimmt. Versuch du mal mit Kabelbinder an den Fußgelenken zu laufen. Ich musste Hannah bitten, herzufahren und mir zu helfen.«

»Mitten in der Nacht? Gut, dass du es nicht bei mir versucht hast. Ich hätte dich bis zum Morgen warten lassen.«

»Haha!«

Als Nächstes erfuhr Paul noch einmal, dass es auch gegen Klaus Herold, den Bruder des verstorbenen Uwe Herold, keine Ermittlungen geben würde: »Wenn die Kollegen es weiter als Unfall mit Todesfolge bewerten, wird das seinen Grund haben. Ich meine, wir zwei haben ja versucht, etwas anderes nachzuweisen, doch ab einem gewissen Punkt muss man einsehen, dass es genug ist.«

Betrübt beendete Paul das Gespräch. Die gute Laune, die er kurz zuvor noch verspürt hatte, schien wie weggeblasen.

Hannah stupste ihn an und schlug vor: »Wenn du in dieser Mord- oder Unfallsache nicht weiterkommst, gelingt dir ja vielleicht doch noch ein Durchbruch in Sachen Brommi. Das wäre immerhin ein kleiner Trost. Oder?«

Paul sah sie wenig begeistert an. »Du hast doch gehört, was die Anglerin vorhin gesagt hat: Das Größte, was in diesem See lebt, ist ein Wels, aber keine fränkische Nessie.« Als dieser Name fiel, fühlte sich die vierbeinige Nessie angesprochen, wedelte und sprang an Pauls Beinen hoch.

»Siehst du!«, rief Hannah. »Sie ist auch der Meinung, du solltest weitermachen.«

»Weitermachen – das sagt sich so leicht. In welcher Richtung denn?«

»Ich bin zwar kein großer Fan deines Freundes Victor Blohfeld ...«

»Er ist nicht mein Freund!«

»... doch fand ich seine Idee, von der du mir erzählt hast, im Ansatz gar nicht mal so übel.«

»Welche Idee?«

»Die von den Tauchern, die eine Nessie-Attrappe durchs Wasser zogen, dabei von Herold von seinem Hausboot aus beobachtet wurden und den lästigen Zeugen kurzerhand ausgeschaltet haben. Wir sollten dieser Spur nachgehen. Und zwar unter Wasser.«

»Und wie stellst du dir das vor? Ich besitze ja kein U-Boot oder so. Wie soll ich diese Leute aufspüren, falls es sie überhaupt gibt?«

Hannah verwies abermals auf Blohfeld: »Geh in diesen Taucherladen, den er erwähnt hat. Da kennen sie sich aus – und vielleicht wissen sie sogar etwas von dem nächtlichen Spuk auf dem See.«

*

Während Hannah mit Nessie eine Runde Gassi ging, suchte Paul den *Outdoor Corner* auf, den Laden, in dem auch Victor Blohfeld sein Glück versucht hatte, bevor er von der Chefredaktion abgezogen wurde.

Paul erwartete ein Sammelsurium aus Campingbedarf, wetterfester Kleidung inklusive Wanderschuhen und einem Regal voller Sonnencremes. Den meisten Platz in dem verwinkelten Laden nahm die Wassersportabteilung ein, deren Sortiment neben allerlei Wasserspielzeug auch Luftmatratzen, Gummiboote und Stand-Up-Paddling-Boards sowie Ausrüstungen für Taucher umfasste. Paul ging an einem Ständer mit Neoprenkleidung und einem Drehkarussell voller Taucherbrillen vorbei und betrachtete das Angebot an Schwimmflossen, Mundstücken und Tauchflaschen.

Er ahnte, dass er mit alldem nicht so einfach zurechtkommen würde. Plötzlich musste er an die berüchtigte Taucherkrankheit denken, und vor seinem geistigen Auge sah er sich schon mit berstender Lunge in einer Dekompressionskammer sitzen. Jetzt fiel ihm auch wieder ein, dass Blohfeld sein Unterfangen ja nicht nur aufgegeben hatte, weil er von seinem Chef zurückgepfiffen worden war, sondern weil er sich mangels Tauchschein keine Ausrüstung hatte ausleihen dürfen. Daran würde es sicher auch bei Paul scheitern – und wenn er jetzt darüber nachdachte, war es wohl auch besser so.

Mitten in seine Überlegungen hinein sprach ihn ein hagerer Mann mit eingefallenen Wangen und trüben Augen an, dessen Anstecker am Poloshirt ihn als Mitarbeiter von *Outdoor Corner* auswies.

»Sie interessieren sich fürs Flaschentauchen?«, fragte der Verkäufer gelangweilt und spulte einen Text herunter, den er sicher schon Dutzende Male aufgesagt hatte: »Das ist bei uns nur mit Boje oder Taucherflagge gestattet. Ausgewiesene Badebereiche, die Schilfgürtel und Vogelschutzzonen dürfen nicht betaucht werden. Für Flaschentauchgänge ist zudem eine vorherige Anmeldung erforderlich. Dazu melden Sie sich bei der Polizei Gunzenhausen. Und Achtung auf den großen Trimaran, das Ausflugsboot *MS Brombachsee* – mit dessen Schiffsschrauben sollten Sie besser keine Bekanntschaft machen.«

»Lohnt es sich denn?«, fragte Paul.

Auch diese Frage war für den Verkäufer offensichtlich weder neu noch originell. »Der See ist ein Stausee, hat im Sommer eine Temperatur bis sechsundzwanzig Grad an der Oberfläche, ab zwanzig Metern Tiefe allerdings ist er nicht wärmer als vier Grad. Die Sicht liegt bei fünf bis allerhöchstens zehn Meter. Man kann unten im See noch die ehemaligen Straßen sehen, die hier entlangführten. Am Einstieg in Absberg, unterhalb des kleinen und großen Stegs, findet man Zander, Waller, Hechte und jede Menge Barsche. Der interessante Bereich reicht aber nur bis in ungefähr fünfzehn Meter Tiefe.«

Begeisterung klingt anders, fand Paul und versuchte, den Mann aus der Reserve zu locken. »Bloß Fische? Gibt es nichts Aufregenderes zu sehen da unten – zum Beispiel ein Seeungeheuer?«

Endlich kam Bewegung in die bis eben reglose Miene des Angestellten. »Ach, wissen Sie: Krokodile, Echsen, Monster – im Sommer kann es rund um ein Gewässer wie unseren Brombachsee hoch hergehen. Die Sommerlochtiere sind in der Regel aber frei erfunden.«

»Sie glauben also nicht daran, dass da unten etwas lauert?«

»Das will ich nicht behaupten. Es fragt sich nur, *was* da lauert.« Der Verkäufer setzte ein schiefes Lächeln auf, der Tonfall wurde vertraulicher: »Ich persönlich schwimme fast nie, da kann es noch so heiß sein. Anscheinend gibt es nämlich auch Riesenwelse im See, zwei Meter lang, mindestens, obwohl noch nie jemand ein so großes Exemplar gefangen hat. Die Fische bedrohen angeblich badende Hunde und arglose Schwimmer und sind dann im Herbst plötzlich wieder weg.«

»Wo bleiben sie den Rest des Jahres?«

»Das ist die Frage. Wahrscheinlich gehören die Riesenwelse genauso ins Reich der Fantasie wie Brommi.«

»Ungewöhnlich.«

»Na ja, in anderen Breitengraden wurden schließlich sogar Kreaturen wie der Bigfoot gesichtet, aber auch realistischere Tiere: der Riesenalk, der Beutelwolf. Leider alle ausgestorben.«

»Warum sollten solche Wesen nicht wieder auftauchen? Der Brombachsee ist an manchen Stellen fast vierzig Meter tief und ziemlich groß. Platz genug also, um sich zu verstecken.«

»Ja, manchmal passiert so etwas wirklich. Das beste Beispiel ist der Quastenflosser. Seit siebzig Millionen Jahren ausgestorben, hieß es, bis er um 1940 vor den Komoren wiederentdeckt wurde.«

»Genau wie die Galápagos-Riesenschildkröte oder die Bayerische Kurzohrmaus, die beide doch nicht ausgestorben sind, obwohl man lange davon ausgegangen war«, ergänzte Paul.

»Ganz genau«, bekräftigte der Verkäufer, der sichtlich Gefallen an der Unterhaltung gefunden hatte.

»Vielleicht ist es ja bei unserem Brommi ganz ähnlich.«

»So einfach ist es dann doch nicht. Menschliche Erinnerungen sind nicht zuverlässig, das kennt man doch von Unfällen und so: Zeugen überschätzen ihre Fähigkeit, sich an Dinge zu erinnern, sie übersehen Details oder mischen sie mit Ereignissen, die sie im Kino gesehen haben.«

»Sie meinen, das Gehirn sucht Erklärungen für Ereignisse, die es sich nicht erklären kann.«

Der Verkäufer nickte. »Glaubt man fest genug daran, dass Dinge existieren, obwohl es keinen Beweis gibt, dann existieren sie eben.«

»Was nichts daran ändert, dass es ständig Zeugen gibt, die behaupten, Brommi gesehen zu haben.«

»Richtig. Die schottische Nessie treibt ja sogar schon seit dem sechsten Jahrhundert ihr Unwesen, da wurde das Tier nämlich erstmals gesichtet – und ist seither nicht totzukriegen.«

»Wem würde so ein Urzeitmonster eigentlich gehören?«, interessierte sich Paul. »Was wäre, wenn es tot angespült wird?«

»Noch eine gute Frage. Gehen die Überreste dann an den Bayerischen Staat oder doch eher an die Regierung von Mittelfranken? Dabei ist ›tot angespült‹ eher unwahrscheinlich. Zumindest nicht beim Nessie-Original. Es gibt keine passende DNA im gesamten Loch Ness. Das haben Forscher herausgefunden. Dafür reichlich Aal-DNA. Nessie könnte also ein Riesenaal sein.«

»Aale sind auch im Brombachsee unterwegs, hat man mir gesagt.«

»Aale bleiben aber Aale. Glauben Sie mir, es gibt kein Ungeheuer im Brombachsee, und das aus gutem Grund: Das Wasser des Sees zu kalt für Reptilien, und Säugetiere müssten zum Atmen immer wieder an die Oberfläche kommen. Außerdem: Für ein so großes Tier, wie Brommi angeblich sein soll, bietet der See gar nicht genug Nahrung.«

»Machen Sie eigentlich mehr Umsatz, seitdem die Gerüchte um die fränkische Nessie grassieren?«, wollte Paul wissen.

»Wie viel hängen bleibt, das müssen Sie den Boss fragen. Aber ja, das Interesse an Tauchausrüstungen ist diesen Sommer höher als sonst.« Ein Schmunzeln. »Neulich war ich übrigens doch mal im See schwimmen. Sozusagen, um meinen inneren Riesenwels zu besiegen.«

»Und? Wie war es?«

»Ich bin nie untergetaucht und habe mir immer wieder laut gesagt, dass da schon nichts sein wird im Wasser unter mir. Und als ich fast schon wieder draußen war, ich schwöre, berührte mich irgendwas am Fuß. Ich glaube, es war ein Wels. Was denn sonst? Beim nächsten Mal gehe ich ins Schwimmbad.«

*

Die Ausrüstung, für die sich Paul letztlich entschied, bestand aus zwei Taucherbrillen mit Schnorcheln und zwei Paar Schwimmflossen; Flaschen wollte ihm der Verkäufer nicht geben, obwohl sie sich so gut verstanden hatten. Außerdem hatte Paul das Geld für eine wasserdichte Taschenlampe für Hannah und eine Stirnlampe für sich springen lassen. Er selbst musste die Hände bei dem Tauchgang nämlich frei haben, um den ebenfalls wasserfesten Ersatz-Fotoapparat zu halten und zu bedienen; die alte Kamera hatte sich nach ihrem unfreiwilligen Tauchgang nicht mehr retten lassen.

»Wo sollen wir anfangen? Der See ist groß«, fragte Hannah zu Recht, worauf Paul darauf verwies, dass die unscharfen Social-Media-Bilder alle nahe dem Küstenstreifen entstanden waren, an dem auch die Hausboote vertäut lagen. Eine weitere Parallele: Die Amateur- und Handyfotos waren nach Einbruch der Dunkelheit entstanden. Daher legte Paul fest, dass sie sich erst am Abend rund um den Hausbootsteg umsehen sollten.

Die Sterne funkelten am Himmel, die Mondsichel reflektierte auf der spiegelglatten Wasseroberfläche. Hannah, deren neongelber Badeanzug selbst im Dunkeln zu leuchten schien, setzte sich an den Rand des Stegs und zog sich die Flossen an.

»Du siehst aus wie eine Rettungsschwimmerin aus *Baywatch*«, scherzte Paul.

»Die alte Fernsehserie? Haben die nicht rote Badeanzüge getragen?«

Paul setzte sich neben sie und mühte sich mit seinen Flossen ab.

»Ein bisschen unheimlich ist das schon«, meinte Hannah. »Was, wenn es wirklich ein Monster gibt.«

»Du meinst so eins, das damals auch unter deinem Kinderbett lebte?«, machte sich Paul lustig. Er war ziemlich sicher, dass sie heute Abend außer ein paar kleinen Fischen nichts zu sehen bekämen – wenn überhaupt.

»Brrr«, machte Hannah, als sie sich ins Wasser gleiten ließ. »Von wegen sechsundzwanzig Grad! Es ist saukalt!«

»Du musst dich bewegen, dann spürst du es nicht mehr«, riet Paul und klatschte ebenfalls in den See.

Sie schalteten ihre Lampen ein. Im hellgrün glimmernden, milchig trüben Wasser am Pier mussten sie nicht lange suchen. Einige Zander hielten sich direkt unter dem vollständig mit Muscheln bewachsenen Steg auf. Zunächst musterten die Fische sie nur distanziert, kamen dann aber neugierig näher. Trotz ihrer beachtlichen Größe waren sie schon im Abstand von einem halben Meter nur noch als Silhouetten erkennbar. Paul schoss einige Fotos.

Sie paddelten weiter unter dem Bootssteg herum und wagten sich mit angehaltener Luft tiefer hinab, bis sie den sandigen Grund ohne Bewuchs erreichten. Die Sichtweite betrug hier höchstens noch einen Meter, schätzte Paul. Für ihn als Fotografen stellte dieser Tauchgang eine besondere Herausforderung dar. Erstens, weil er aufpassen musste, nicht mit dem Kopf von unten an die Anlegebrücke zu stoßen, und zweitens, weil er die langsam vorbeiziehenden Zander scharf und in einem Stück abzubilden versuchte. Die größte Aufgabe bestand darin, möglichst so zu blitzen, dass keine Schwebeteilchen auf dem Bild sichtbar waren, denn diese wirkten wie ein Schleier, der sich vor das eigentliche Motiv legte. Die Bilder würden außerdem einen soliden Grünstich aufweisen, aber vielleicht würde ja trotz allem etwas Brauchbares dabei sein. Dabei dienten ihm die Fischfotos nur als Fingerübung für den Fall, dass ihm das vermeintliche Ungeheuer tatsächlich vor die Linse kommen würde. Denn dann müsste er bereit sein und auf Anhieb die richtige Einstellung finden.

Sie entfernten sich jetzt von den Hausbooten. Am Ufer konnten sie an einem kleinen Grüngürtel entlangtauchen. Auch dort sahen sie zahlreiche Zander, Barsche und sogar einen Hecht vorbeihuschen. Nach einer knappen Stunde in der grünen Milch hatte Hannah keine Lust mehr, den See zu erkunden, was sie Paul mit Handzeichen zu verstehen gab. Außerdem war ihr wahrscheinlich immer noch kalt, wie auch ihm selbst.

»Also geben wir auf?«, fragte Paul, der nichts dagegen hatte. Dass Brommi heute noch vor dem Objektiv seiner Kamera posieren würde, glaubte er immer weniger.

Sie schwammen zurück zum Steg, kletterten hinaus und setzten sich wieder an den Rand. Paul zwängte sich aus den Flossen, während Hannah ihre Taucherbrille von hängen gebliebenen Algenfäden befreite.

»Wenigstens haben wir es versucht«, bemühte sich Paul, ihren erfolglosen nächtlichen Tauchgang schönzureden.

Hannah sagte nichts mehr dazu, sondern probierte nun ebenfalls, ihre Flossen loszuwerden. Sie waren offenbar etwas eng ausgefallen, denn allein schaffte sie es nicht, und Paul musste beim Ziehen helfen.

Mit einem »Pfloppp!« löste sich auch die zweite Flosse. Sie wollten gerade aufstehen und ins Hausboot gehen, da fasste Hannah Paul an die Schulter.

»Siehst du das?«, hauchte sie und streckte den Arm aus. »Ich glaub, ich spinne.«

Paul folgte ihrem Fingerzeig – und traute seinen Augen nicht. Etwa zwanzig Meter von ihnen entfernt trieb etwas auf dem Wasser. Eine schattenhafte Erscheinung, schwarz schimmernd und viel größer als ein Fisch. Ein Baumstamm? Nein, die Form passte nicht. Und dieses Ding konnte seinen Kurs ändern!

»Los!«, drängte Hannah. »Mach Fotos!«

Paul hob seine Kamera an, die noch im Unterwassergehäuse steckte. Das Objektiv erlaubte nur Aufnahmen im Nahbereich. Er hätte es gegen ein Zoomobjektiv tauschen müssen, doch das lag im Hausboot. Bis er es geholt hätte, wäre das unheimliche Ding auf dem See wahrscheinlich schon wieder verschwunden.

»Geht nicht«, sagte er. »Zu weit weg.«

»Und mit dem Handy?«

»Zu dunkel dafür. Das bringt nichts.«

»Was kann das bloß sein?« Hannah kniff konzentriert die Augen zusammen.

Paul beobachtete, wie das mysteriöse Objekt im Zickzack weiterschwamm. Eindeutig kein Treibgut! Es bewegte sich gezielt vorwärts. Es lebte!

»Was machen wir?«, fragte Hannah. »Die Flossen wieder anziehen und hinterherschwimmen?«

Paul war nicht wohl bei dieser Vorstellung. »Du weißt nicht, wie es reagiert, wenn es sich bedroht fühlt.«

»Meinst du, es könnte uns fressen?« Jetzt sah auch Hannah so aus, als würde sie der Mut verlassen.

»Das vielleicht nicht, aber ...« Paul unterbrach sich selbst, als er einen Lichtkegel unterhalb des seltsamen Gebildes aufflammen sah, kurz darauf gefolgt von einem zweiten.

Auch Hannah hatte es bemerkt: »Das sind Taucher! Dicht bei dem schwarzen Ding. Ob sie es jagen?«

Paul konzentrierte sich nun ganz auf das Geschehen unterhalb der Wasseroberfläche und kam zu einer anderen Erklärung: »Nein, im Gegenteil. Ich vermute, sie ziehen es hinter sich her. Und es ist auch kein Monster, was da treibt, sondern eine Art lange Hülle oder ein großer Sack.«

»Was hat das zu bedeuten? Dass Blohfeld recht hatte?«

»Keine Ahnung. Aber ich denke nicht, dass das legal ist, was die da abziehen. Wenn man hier mit Flaschen tauchen will, muss man das vorher anmelden. Ich kann mir nicht vorstellen, dass die eine Genehmigung für einen Nachttauchgang haben.«

»Was tun die dann da?«, fragte Hannah, ohne den Blick vom See zu lassen. »Schmuggeln?«

»Vom Südufer zum Nordufer? Das ergibt keinen Sinn.«

»Also? Was unternehmen wir? Sollen wir das bei der Polizei melden? Vielleicht sind es ja wirklich dieselben Typen, die Herold beobachtet haben könnte und die ihn dann gekillt haben.«

Paul war hin- und hergerissen. Ja, sie könnten die Polizei verständigen. Aber erstens wären die Unbekannten in der Zwischenzeit sicher längst verschwunden oder im wahrsten Sinne des Wortes abgetaucht, und zweitens handelte es sich bei der Idee, es könnten die Mörder von Herold sein, ja um blanke Theorie. Zu wenig, um einen Polizeieinsatz auszulösen.

»Nehmen wir es selbst in die Hand!«, entschied Paul. »Aber nicht vom Wasser aus, denn es würde sicher bald auffallen, wenn wir ihnen hinterherpaddeln, und wer weiß – vielleicht besitzen sie Tauchermesser und Harpunen. Wir beobachten sie vom Land aus. Die Lichtkegel ihrer Lampen sind von hier deutlich zu erkennen, selbst wenn sie einige Meter tiefer tauchen. Wir bleiben dran, verfolgen sie vom Ufer aus und finden heraus, an welcher Stelle sie aus dem See steigen. Vielleicht wissen wir dann auch, warum sie tun, was sie tun.«

»Okay«, stimmte Hannah zu. »Holen wir uns schnell ein paar Klamotten und Schuhe, dann heften wir uns ihnen an die Fersen.«

»Flossen«, korrigierte Paul. »Wir heften uns an ihre Flossen.«

*

Ihr Plan ging auf: Während sie das Ufer abschritten, konnten sie die tanzenden Lichtkegel im Auge behalten. Mal stärker, mal schwächer durchdrangen die Spots das trübe Wasser und zeigten, in welcher Richtung die Taucher mit dem großen Sack im Schlepptau unterwegs waren. Zum Glück entfernten sie sich nicht allzu weit vom Land, sonst hätten Paul und Hannah sie womöglich verloren.

So ging das eine gute halbe Stunde, in der sich Hannah und Paul mehrmals darüber austauschten, was diese Leute wohl da unten anstellten. Doch sie kamen zu keiner vernünftigen Erklärung.

»Ich glaube, jetzt ist es so weit«, rief Hannah Paul zu. »Sieh mal da, die vielen Luftblasen! Sie kommen näher.«

Tatsächlich wurden auch die Lichtkegel breiter und heller, was Hannahs Annahme bestätigte. Paul suchte das Ufer nach dem Ziel der Taucher ab und entdeckte einen geparkten Kombi, der dicht neben einem Baum stand und von der Straße aus wahrscheinlich nicht so leicht zu sehen war. Vermutlich war das der Wagen, mit dem die Unbekannten gekommen waren.

»Folge mir«, zischte Paul ihr zu. »Wir verstecken uns hinter der Hecke da drüben und warten ab, was passiert.«

Von ihrem Unterschlupf aus sahen sie zu, wie die erste Stablampe die Oberfläche durchbrach. Eine Gestalt entstieg dem nachtschwarzen Wasser, zwei weitere folgten. Sie zogen das sackähnliche Gebilde hinter sich her, das Paul und Hannah im ersten Moment für das Seeungeheuer gehalten hatten. Es schien sich wirklich um eine Art überdimensionalen Beutel zu handeln, der mit Schwimmkörpern versehen war, damit er nicht unterging.

Plötzlich flammten die Scheinwerfer des abgestellten Wagens zweimal kurz auf, wie Lichtzeichen. Einer der Taucher antwortete, indem er seine Taschenlampe ebenfalls aufblitzen ließ.

»Die sind also zu viert«, sprach Paul das Offensichtliche aus und ließ den Rest des Satzes lieber weg: *Und wir sind nur zu zweit.*

Hannah, die genau wie er in gebückter Haltung blieb, stieß ihn mit dem Ellenbogen an. »Da sind zwei Frauen dabei.«

»Wie willst du das erkennen bei dem schlechten Licht und den engen Neoprenanzügen?«

Doch Hannah behielt recht, was sich zeigte, als die Taucher ihre Masken und Kappen abnahmen.

Jetzt tat sich etwas auf der anderen Seite: Die Tür des Kombis öffnete sich, und Paul beobachtete, wie jemand ausstieg und mit langsamem, schleppendem Gang den anderen entgegenkam.

»Habt ihr sie endlich gefunden?«, hörte Paul den Mann aus dem Auto rufen. Der knarzigen Stimme nach musste er schon älter sein.

»Nein, Opa, nichts zu machen«, antwortete eine Taucherin mit blonden Haaren. »Wieder Fehlanzeige.«

»Bist du sicher, dass das die richtige Stelle ist?«, fragte der Mann, der mit den Frauen aus dem Wasser gekommen war. Wie seine Begleiterinnen war er deutlich jünger als der Fahrer.

»Sie suchen also nach etwas«, flüsterte Hannah Paul zu.

»Ganz bestimmt nach nichts Legalem«, meinte Paul. »Sonst würden sie das nicht mitten in der Nacht tun.«

»Hoffentlich entdecken sie uns nicht«, sagte Hannah sehr leise. »Der Typ im Taucheranzug trägt wirklich ein Messer am Gürtel.«

»Gehört zur Standardausrüstung, falls man wo hängen bleibt und sich befreien muss«, versuchte Paul sie zu beruhigen.

»Standardausrüstung? Das hast du dir doch gerade ausgedacht.«

Paul zuckte mit den Achseln.

»Ich bin mir ganz sicher!«, rief der alte Mann den anderen zu. »Ich habe es mir genau gemerkt und mir die Umgebung eingeprägt.«

»Aber Opa, es ist jetzt über dreißig Jahre her, dass du diesen Supermarkt überfallen hast. Wenn du damals nicht die Kassiererin erschossen hättest, hättest du nur fünf Jahre gekriegt und wärst rechtzeitig rausgekommen, um das Geld auszugraben, bevor sie den Stausee angelegt haben«, entgegnete die Blonde gereizt. »Woher willst du jetzt noch wissen, wo du die verfluchten Geldbomben verbuddelt hast? Den See hat es damals doch noch überhaupt nicht gegeben.«

»Aber alles andere drumherum!«, protestierte der alte Herr und stampfte mit dem Fuß auf den Boden. »Wir sind an der richtigen Stelle! Von hier aus vierzig oder fünfzig Meter, und dann gleich neben dem alten Fahrweg. Die Straße ist noch da, ich habe mich erkundigt.«

»Ja, verdammt, aber versuch du mal, unter Wasser nach etwas zu graben, wenn du dabei die Hand vor Augen nicht erkennen kannst.«

Paul sah Hannah an. »Hast du das gehört?«

»Ich bin ja nicht taub. Der alte Kerl ist ein Ex-Knacki.«

»Ja, wegen Raubmordes verurteilt, wahrscheinlich hat er all die Jahre gesessen.«

»Vermutlich haben sie vor, die Geldbomben in den Schwimmsack zu stecken und sie so an Land zu ziehen. Da geht es sicher um zigtausend Euro. – Wobei: Vor dreißig Jahren gab es noch die D-Mark. Kann man die so einfach in Euro wechseln? Das fällt doch auf.«

»Wie auch immer – wenn Herold dieselbe Entdeckung gemacht hat wie wir zwei jetzt gerade, und dabei von denen erwischt wurde, dürften wir das Mordmotiv gefunden haben.«

»Ja«, sagte Hannah und musste schlucken.

Dies war der Moment, in dem Pauls Smartphone zu klingeln begann.

*

Paul würde sich sicher freuen – dass Katinka schon heute Nacht und nicht erst morgen im Laufe des Vormittags ankommen würde, damit rechnete er nämlich ganz bestimmt nicht. Sie selbst hatte den Entschluss, noch heute in Wiesbaden aufzubrechen, ziemlich kurzfristig und spontan gefasst – untypisch für sie, die immer gern alles lange im Voraus plante und kurzfristige Änderungen in ihrem Kalender gar nicht mochte. Doch sie vermisste Paul und wollte nicht weiter auf seine Nähe verzichten.

Während sie ihren Mini über die fast leere Autobahn steuerte, lauschte sie dem Tuten der Freisprechanlage und wunderte sich, dass Paul nicht ranging. Ob er etwa schon schlief? Das würde sie wundern. Vor Mitternacht ging er selten bis nie ins Bett.

Es klickte kurz, und Katinka wollte schon »Hallo!« rufen, doch dann folgte das Besetztzeichen. Was sollte das?, wunderte sie sich. Hatte Paul sie gerade weggedrückt?

Katinka versuchte es noch einmal. Ohne die Fahrbahn aus den Augen zu lassen, drückte sie die Wahlwiederholung. Wieder tutete es. Wieder wartete sie. Wieder nahm Paul das Gespräch an, um es in derselben Sekunde zu beenden.

Jetzt wurde es Katinka aber zu bunt! Warum machte Paul das? Schaute er gerade einen Film und wollte dabei nicht gestört werden? Oder hatte er Damenbesuch? Na, der konnte was erleben!

Nachdem sie den ersten Ärger heruntergeschluckt hatte, kam ihr in den Sinn, dass es auch an technischen Problemen liegen konnte. Vielleicht hatte er gerade kein Netz.

Sie fuhr beim nächsten Rastplatz ab, griff zum Handy und probierte es ein drittes Mal. Das Resultat blieb das gleiche: Paul wies ihren Anruf ab.

Ziemlich sauer und unter Dampf tippte sie eine Textnachricht ein und forderte ihn auf, sich bei ihr zu melden. Nach den letzten Buchstaben pfefferte sie das Smartphone auf den Beifahrersitz und gab Gas.

*

Paul verfluchte sein Telefon und den Anrufer oder die Anruferin gleich mit – wer auch immer es gewesen war, denn in der Hektik hatte er nicht aufs Display geschaut. Inzwischen hatte er das Smartphone zwar auf stumm geschaltet und es tief in der Hosentasche versenkt, doch da war das Kind schon in den Brunnen gefallen. Das Klingeln konnte der Räuberfamilie nicht verborgen bleiben.

Die Taschenlampen leuchteten wieder. Diesmal in ihre Richtung – verflucht! Durch das Geäst des Busches, der Paul und Hannah Schutz bot, stachen die suchenden Strahlen wie Pfeile, die sie aufzuspießen drohten.

»Mist, Mist, Mist!«, entfuhr es Paul. Er konnte sich ausmalen, was passieren würde, wenn diese Leute sie erwischten. Der Mann, der Opa genannt wurde, hatte offenbar vor drei Jahrzehnten gemordet und wohl vor wenigen Tagen ein weiteres Mal, als er Herold kaltstellte. Die Hemmschwelle, es bei Hannah und Paul erneut zu tun, konnte nicht besonders hoch liegen.

Paul reckte den Kopf, um mehr sehen zu können. Die Entfernung zwischen ihrem Unterschlupf und den näher rückenden Tauchern ließ sich schwer abschätzen. Weit konnte es aber nicht sein.

»Wir können hier nicht bleiben«, flüsterte Paul Hannah zu. »Wagen wir einen Fluchtversuch?«

Hannah antwortete nicht. Stattdessen tippte sie unablässig auf ihr Smartphone ein.

»Was tust du da?«, zischte Paul.

»Unseren Standort schicken.«

»Wem?«

»Jasmin.«

»Die ist doch in Nürnberg! Mein Gott, bis Jasmin hier sein kann, sind wir längst tot. Wir müssen verschwinden. Jetzt!«

Das Knacken von Ästen ließ ihn aufschrecken – es war ganz nah! Hatten die anderen sich aufgeteilt und sie umzingelt? Paul spürte, wie sich sein ganzer Körper anspannte. Es war nicht lange her, dass er unter sehr ähnlichen Umständen überwältigt worden war. Letztes Mal hatte es nur ein paar blaue Flecken zur Folge gehabt. Aber diesmal? Er mochte gar nicht daran denken.

»Los!«, forderte er Hannah auf. »Wir müssen es versuchen, ehe es zu spät ist. Lauf so schnell du kannst!«

Doch Hannah rührte sich nicht, gab stattdessen Buchstabe für Buchstabe in ihr Smartphone ein.

»Das ist nicht der Moment, um Romane ins Handy zu schreiben«, ärgerte sich Paul. »Jasmin kann nichts für uns tun.«

Den letzten Satz hatte er wohl zu laut ausgesprochen, denn aus kurzer Distanz hörte er die Stimme einer der Frauen:

»Gleich haben wir sie! Sie sitzen in der Falle.«

Paul erstarrte. Zum Weglaufen war es jetzt zu spät. Wahrscheinlich hatten sich die Taucher inzwischen so aufgeteilt, dass sie sie von allen Seiten einkreisen konnten. Und – das stand für Paul fest – sie würden nicht lange fackeln, sondern kurzen Prozess mit ihnen machen.

»Hannah«, stieß er aus und fasste nach ihrem Handgelenk. »Was auch passiert, wir bleiben …«

Weiter kam er nicht, weil er in diesem Moment vom grellen Strahl einer der Taschenlampen erfasst wurde. Er riss die Hand nach oben, um die Augen zu schützen. Im Gegenlicht erkannte er die Frau mit dem langen Haar, die Blonde. Gleich darauf tauchte die nächste Gestalt hinter ihr auf: der Mann mit dem Tauchermesser.

Das war's dann wohl, durchfuhr es Paul. Dabei machte er sich mehr Gedanken um Hannah als um sich selbst. Verdammt, wie hatte es nur so weit kommen können.

»Sie sind gleich da«, hauchte Hannah.

Paul drehte sich nach ihr um. Sie saß noch immer in der Hocke neben ihm, das Smartphone fest umklammernd. »Wer ist gleich da?«, fragte er.

Die Antwort folgte in Form eines Martinshorns. Nein, zweier Martinshörner, die schnell lauter wurden. Und jetzt kam ein drittes dazu.

Paul riss den Kopf herum, diesmal wieder in Richtung der blonden Taucherin. Diese wirkte für den Moment wie erstarrt. Auch der Mann hinter ihr rührte sich nicht.

»Wir müssen abhauen!«, stieß sie mit schriller Stimme aus. »Die Bullen! Zurück zum Auto! Schnell!« Sie setzte sich in Bewegung. Im Laufen rief sie: »Opa, schaffst du das?«

Er würde es nicht schaffen, ahnte Paul und atmete auf, als er das blaue Blinken von mindestens vier Einsatzwagen sah. Wo kamen die bloß so schnell her? Jasmin musste Himmel und Hölle für sie in Bewegung gesetzt haben.

*

»Du meine Güte, wo habt ihr euch denn herumgetrieben?«

Katinka, die vom Zweitschlüssel auf der Heckterrasse gewusst hatte, war vor mehr als zwei Stunden eingetroffen und wartete seitdem im Hausboot. Jetzt war es fast halb drei in der Nacht – entsprechend müde und abgekämpft sahen Paul und Hannah aus, die mit hängenden Schultern und dreckigen Knien an ihr vorbeischlichen.

»Lange Geschichte«, sagte Paul nur und drückte ihr einen Kuss auf die Wange. »Schön, dass du da bist.« Sein Blick fiel auf Nessie, die sich eng an ihre Beine schmiegte. »Wie ich sehe, habt ihr euch bereits kennengelernt – und sie mag dich.«

Bevor Katinka die »lange Geschichte« hören durfte, wollten sich Paul und Hannah frisch machen und umziehen. Außerdem hatten sie einen Bärenhunger, weil sie am Abend nicht zum Essen gekommen waren. Ehe Paul im Bad verschwand, wies er auf ein Fischfilet im Kühlschrank hin. »Vom Barsch.«

Katinka interpretierte das als Wink und ging in die Küchenzeile, um nachzusehen, was sonst noch vorrätig war. Was sie vorfand, reichte für ein Schnellrezept, das sie im Kopf hatte. Sie band sich eine Schürze um, suchte sich Messer, Schneidbrett, Schüsseln und Pfanne zusammen und begann mit der Beilage. Sie putzte, wusch und würfelte eine rote Paprika, schälte ein paar kleine Schalotten und schnitt sie in Ringe. Beides briet sie in Olivenöl an, streute zwei Esslöffel Zucker darüber und karamellisierte so das Gemüse. Sie goss Essig und Sahne an, ließ das Ganze aufkochen und dann drei Minuten köcheln. Mit Salz und Pfeffer schmeckte sie es ab. Gut, dass Pauls Kombüse so gut ausgestattet war! Katinka tippte, dass Jasmin dafür gesorgt hatte.

Nun widmete sie sich dem verlockend aussehenden Süßwasserfisch. Katinka wusch ihn gründlich unter fließendem Wasser, tupfte ihn trocken und schnitt das Filet in drei gleich große Teile. Sie würzte wieder mit Salz und Pfeffer, wendete die Filetstücke in Mehl und briet sie in heißem Öl von jeder Seite für wenige Minuten an. Zum Schluss gab sie einige Zitronenscheiben dazu und ließ sie kurz mitschmoren. Sie richtete das Paprikagemüse und den Fisch an, streute ein paar Blättchen Minze darüber und stellte alles auf den Esstisch.

Gerade rechtzeitig, denn nun kehrten Paul und Hannah zurück und stürzten sich dankbar und mit Heißhunger auf die späte Mahlzeit.

Auch Katinka genoss das zarte Barschfleisch, das sie punktgenau gegart hatte. Dann wischte sie sich über die Mundwinkel und sagte: »Nun seid ihr an der Reihe: Was habt ihr mitten in der Nacht gemacht?«

»Einen Mörder gestellt«, lautete Pauls nüchterne Antwort.

»Eigentlich sogar eine ganze Mörderfamilie«, ergänzte Hannah.

Katinka kam aus dem Staunen gar nicht mehr heraus, als sie von dem nächtlichen Polizeieinsatz und der Festnahme von Benno Gruber erfuhr, einem mehrfach vorbestraften

Schwerkriminellen, der zuletzt wegen Raubmordes in Haft gesessen hatte. Auch Familienmitglieder waren von der Polizei abgeführt worden: eine Enkelin, eine Nichte sowie deren Freund. Wie es aussah, hatten sie gemeinsam die vor Jahrzehnten versteckte Beute von Gruber Senior bergen wollen, wobei ihnen Uwe Herold in die Quere gekommen war und deshalb sterben musste. So zumindest die Theorie von Paul und Hannah, angelehnt an Victor Blohfelds Vermutung.

»Wir sind dazu stundenlang von der Polizei befragt worden«, erklärte Hannah. »Ich bin fix und fertig.«

Eine hochspannende und dramatische Wendung, wie Katinka fand. Sie würde sich gleich am Morgen selbst dahinterklemmen und sich nach den Ermittlungen erkundigen. Am liebsten hätte sie schon jetzt weitere Fragen gestellt, doch als sie das Geschirr abgeräumt hatte und sich nach den anderen umsah, waren beide von der Erschöpfung übermannt worden. Sie schliefen auf der Sitzbank, die Köpfe wie zwei müde Krieger aneinandergelehnt. Katinka konnte nicht anders und machte ein Handyfoto. Dann fasste sie Hannah am Handgelenk und flüsterte: »Komm, Kleines, Zeit zum Schlafenlegen.«

8

»Wie? Wo? Was?«

Paul schreckte auf und spürte einen Schmerz in seiner Schulter. Er fand sich auf der Bank im Wohn- und Essbereich wieder. Draußen war es taghell. Hatte er etwa die ganze Nacht – oder das, was davon übrig geblieben war – in dieser unbequemen Lage verbracht? Es sah ganz so aus.

Er schaute sich nach den anderen um, aber offenbar war niemand hier. Paul durchquerte den schmalen Flur, um im Schlafzimmer nachzusehen. Dort fand er Hannah vor, zugedeckt bis übers Kinn, tief und fest schlafend. Leise zog er die Tür wieder zu.

Zurück im großen Raum fielen ihm die zahllosen Segel auf dem See auf. Entweder waren das alles Frühaufsteher, oder er hatte verdammt lange geschlummert. Ein Blick aufs Smartphone verriet ihm, dass es schon auf Mittag zuging.

»Ich hoffe, für ein Frühstück ist es noch nicht zu spät!«, rief Katinka, die mit einer prall gefüllten Semmeltüte durch die Terrassentür spähte. »Lass uns hier draußen essen, es ist sooo schönes Wetter.«

Paul holte Teller und Besteck, während Katinka ein Tablett mit Butter, Nutella und Konfitüre belud. Im Hintergrund gurgelte schon die Kaffeemaschine. Kurz darauf saßen sie beisammen und aßen. Hannah ließen sie den verpassten Schlaf nachholen.

Katinka wartete, bis Paul die erste Kaffeetasse geleert hatte, bevor sie ihm offenbarte: »Ich habe den Vormittag nicht nur dafür genutzt, um zum Bäcker zu gehen. Die Polizei hat mir Einsicht in die Protokolle gewährt. Benno

Gruber und seine Begleiter sind ja noch in der Nacht vernommen worden.«

»Und?«, fragte Paul und las Katinka von den Augen ab, dass sie keine guten Nachrichten mitgebracht hatte.

»Um es gleich vorwegzunehmen: Die Gruber-Familie musste wieder auf freien Fuß gesetzt werden.«

»Was? Wie kann das sein?« Paul ließ den Rest seiner Semmel auf den Teller fallen. »Wir haben diese Verbrecher dabei erwischt, wie sie versuchten, die Beute eines mörderischen Raubüberfalls zu bergen. Dabei wären sie beinahe über Leichen gegangen – nämlich über die von mir und deiner Tochter!«

»Du sagt es, Paul: *beinahe*. Da liegt der Hase im Pfeffer, denn sie haben euch kein Haar gekrümmt.«

»Aber fast!«, protestierte Paul. »Wenn Jasmin nicht die Kavallerie losgeschickt hätte, um uns beizustehen, wären wir jetzt genauso tot wie Uwe Herold.«

»Gutes Stichwort: Für den Zeitraum, in dem Herold gestorben ist, haben Gruber und die anderen Alibis. Und zwar ziemlich überzeugende: Die vier sind eine Woche lang auf Mallorca gewesen, um dort die Bergungspläne zu überarbeiten und ihre Tauchkenntnisse aufzubessern. Denn frühere Versuche hatten nicht zum erwünschten Erfolg geführt. Für den Mallorca-Aufenthalt konnten sie aus dem Stegreif mehrere Zeugen benennen.«

»Ja, aber ...« Paul suchte krampfhaft nach Argumenten, um die Gangsterfamilie doch noch hinter Gitter zu bringen. »Der nächtliche Tauchgang im See – sie hatten bestimmt keine Genehmigung dafür.«

Katinka sah ihn mitleidig an. »Das ist allerhöchstens eine Ordnungswidrigkeit. Darauf steht kein Gefängnis.«

Er ballte die Fäuste. »Das darf doch alles nicht wahr sein.«

»Tröste dich, Paul: Immerhin sieht es so aus, als hättest du das Rätsel um Brommi lüften können. Die ersten Meldungen über Monstersichtungen kamen auf, nachdem der Gruber-Clan mit seinen Tauchgängen im See begonnen hatte. Zumindest dieser Fall dürfte damit gelöst sein.«

Paul konnte sich darüber nur begrenzt freuen. »Was passiert jetzt mit diesem Geld, das auf dem Grund liegt?«

»Nachdem nun bekannt ist, wo Gruber es damals versteckt hat, werden die Behörden wahrscheinlich danach suchen lassen. Das ist aber nur eine Vermutung von mir, denn der Aufwand dürfte ziemlich groß sein. Gruber und seine Helfer haben es trotz mehrerer Versuche ja auch nicht geschafft, die genaue Stelle zu lokalisieren.«

»Hannah und ich haben uns gefragt, ob man mit alten D-Mark-Beständen heute denn überhaupt noch etwas anfangen kann.«

»Ja, das ist ein interessantes Thema«, meinte Katinka. »Immer wieder passiert es, dass D-Mark-Bestände auftauchen. Und zwar in den seltsamsten Verstecken. Oft bei Wohnungsauflösungen, in Vorhänge eingenäht, auf dem Dachboden, in Werkzeugkästen oder Kaffeekannen. Ein typisches Versteck ist auch die Matratze.«

»Ja, aber was passiert mit diesem Geld?«

»Du kannst es immer noch eintauschen, und zwar unbefristet. In Filialen der Deutschen Bundesbank werden Scheine, aber auch Münzen gebührenfrei in Euro gewechselt. Egal, um wie viel es dabei geht. Man kann das alte Geld sogar per Postversand tauschen lassen. Gruber hätte also nicht einmal ein Risiko eingehen müssen.«

»Aber hätte es sich gelohnt?«, zweifelte Paul. »Ich meine: Die Mark ist doch nach all den Jahren und der hohen Inflationsrate kaum noch was wert.«

»Der Wechselkurs ist seit der Jahreswende 2001 zu 2002, als der Euro die D-Mark ablöste, immer gleich geblieben. Der amtliche Umtauschkurs beträgt ein Euro für 1,95583 DM. Also: Ja, es hätte sich gelohnt, denn immerhin betrug die Beute von Grubers Raubzug damals mehr als achthunderttausend Mark.«

»Alle Achtung! Für eine knappe halbe Million würde ich mir auch diese Mühe machen«, staunte Paul.

»Wofür würdest du es denn brauchen?«, fragte Katinka mit einem nachdenklichen Zug. »Wir können uns nicht beklagen mit unserer wirtschaftlichen Lage. Wir verdienen genug.«

»*Du* verdienst genug«, korrigierte Paul.

»Es reicht locker für uns beide«, sagte sie sanft. »Es würde sogar reichen, um ein paar Jahre früher aus dem Berufsleben auszuscheiden.« Sie holte tief Luft. »Ist es nicht schön hier? Das könnten wir öfter haben, wenn nicht jeden Tag das Büro rufen würde.«

»Dein Ernst?« Paul sah sie schief an. »Du denkst über den Ruhestand nach? Kommt das nicht mindestens zehn Jahre zu früh?«

»Ich habe jedenfalls keine Lust, bis siebenundsechzig eine Vierzig- oder vielmehr Fünfzig-Stunden-Woche zu schieben. Dazu ist mir das Leben zu kostbar.«

»Aber würde es dir auf Dauer nicht langweilig werden, immer nur herumzuhängen und nichts zu tun?«

Sie tätschelte Nessie, die sich an ihre Beine schmiegte. »Wir haben doch jetzt einen Hund. Mit dem können wir spazieren gehen, dann sind wir auch viel an der frischen Luft.«

»Aha«, sagte Paul. »Und ab wann soll das umgesetzt werden? Hast du schon mit der Rentenkasse gesprochen?«

Katinka zwinkerte ihm zu. »Es ist ja erst mal nur ein Gedanke. Vielleicht solltest du auch mal in dich gehen und überlegen, das Detektivspielen den jüngeren Generationen zu überlassen. Deine Methoden sind mittlerweile womöglich etwas, äh, überkommen.«

»Was soll das denn heißen?«

»Denk einfach mal drüber nach. Man kann das Leben auch anders ausfüllen, als sich ständig in Gefahr zu bringen – und die Nächsten in permanenter Sorge zurückzulassen.«

»Mmmpppfffrrrr«, machte Paul, woraufhin Nessie verunsichert fiepte.

»Liegt da etwa ein wenig Spannung in der Luft?«, fragte Hannah, die im knöchellangen Nachthemd auf die Terrasse schlurfte, sich reckte und ausgiebig gähnte.

»Na ja, wie man's nimmt«, antwortete Paul. »Ich komme in diesem Fall einfach nicht voran, denn die ach so saubere Familie Gruber hat ein Alibi für die Mordnacht. Es ist einfach wie verhext. Immerhin scheint jetzt das Rätsel um das Seeungeheuer gelöst zu sein.«

Hannah ließ sich auf den freien Stuhl neben ihm fallen. »Kann sein. Mich hätte es aber auch nicht gewundert, wenn sich Touristen das Wassermonster wegen ihres überzogenen Haschkonsums eingebildet hätten, denn ohne solche Hilfsmittel würde man ja in diesem Ferienort vor Langeweile sterben.«

»Ansichtssache. Ich fühle mich hier inzwischen trotz allem sehr wohl. – Das heißt, du willst bald abreisen?«

»Sehr bald sogar. Mir langt's nämlich.« Sie nieste. »Außerdem habe ich mir ne Erkältung eingefangen bei unserer Unterwassersafari. Ich bin eben doch ein Stadtkind.«

Paul konnte verstehen, dass Hannah das Handtuch

schmiss. Es fehlte nicht viel, und er würde es auch tun. Doch vor allem das Glas mit dem Lippenstift in Herolds Hausboot wollte ihm einfach nicht aus dem Kopf gehen.

9

Hannah hatte ihrer Ankündigung Taten folgen lassen und war gleich nach dem späten Frühstück in ihr Auto gestiegen. Dadurch verpasste sie einen wunderschönen Sommertag am Badestrand Pleinfeld und einen kurzweiligen Spieleabend auf der Bootsterrasse mit Blick auf den purpurroten Sonnenuntergang über dem See.

Noch weit mehr entging ihr am Sonntagmorgen, denn heute stand die Weihe von Hannes Finks Weidendom an. Paul wechselte für dieses Ereignis Shorts und T-Shirt gegen die langen Bluejeans, die er dabeihatte, dazu zog er ein weißes Hemd über. Katinka trug ein wenig dicker auf: mit tailliertem Sommerkleid, strassbesetzten Sandaletten und ausladendem Sonnenhut. Wie sich zeigte, hatte sie damit nicht übertrieben, denn die Gäste – und davon gab es reichlich! – hatten sich durch die Bank in Schale geworfen. Es war das reinste Schaulaufen. Selbst Nessie hatte sich herausgeputzt: Katinka hatte ein rosa Schleifchen am Halsband befestigt.

Hannes Fink, schon im vollen Ornat, bahnte sich den Weg durch die Menge, kaum dass er Katinka und Paul erspäht hatte. Voller Stolz zeigte er ihnen das ungewöhnliche Äußere des neuen Gotteshauses, dessen gebogene und miteinander verflochtene Äste tatsächlich so etwas wie ein Kirchenschiff samt Turm bildeten. Paul bestaunte das grün umwachsene Gebilde, dessen Innenraum mit Sitzbänken und sogar einem kleinen Altar eingerichtet worden war. Außerdem gab es ein Podium, auf dem die Instrumente eines Streichquartetts bereitstanden.

»Vor dem Gottesdienst gibt es einige Ansprachen«, kündigte Hannes Fink an. »Der Ortsbürgermeister, die örtliche Gemeindepfarrerin und so weiter. Nach der Weihe sorgt Jan-Patrick mit seinem mobilen Fischgrill für kulinarische Glanzlichter. Seht ihr, dort drüben? Er ist schwer am Schuften, schon seit dem frühen Morgen.«

An Katinkas Seite schlenderte Paul in Richtung des hübsch dekorierten Imbisswagens, in dem der Nürnberger Gastwirt gemeinsam mit zwei Gehilfen große Styroporkisten verstaute, die vermutlich den Frischfisch enthielten.

Jan-Patrick grüßte sie flüchtig und machte sich daran, eine der Boxen zu öffnen. Wie erwartet lagen darin auf Eis gebettete Filets. »Zander«, sagte er ungefragt. »Kross gebraten im Speckmantel serviere ich ihn mit Rahmsauerkraut. Am besten schmeckt Zander übrigens, wenn er pochiert oder mit Butter gebraten wird, denn so kommt sein aromatischer Geschmack besonders zur Geltung.«

Paul und Katinka erfuhren, dass es außerdem ein Tatar von Seesaibling und Zitrone auf Kartoffelpuffern geben würde, galt Jan-Patrick doch als ausgewiesener Fan von »Baggers«. Auch Hechtklöße im eigenen Sud mit Fenchel und Safran hielt er für die hungrigen Gäste bereit und erklärte: »Vor dem Verarbeiten sollte man unbedingt die berüchtigten Gabelgräten herausziehen, die auf unangenehme Weise im Hals stecken bleiben können.« Paul vertraute darauf, dass das bei Jan-Patricks Stand gewiss mit Sorgfalt erledigt werden würde.

Allmählich strömten die Besucherinnen und Besucher in die Naturkirche. Einige hielten noch die Kelche in der Hand, die sie sich von einer Sektbar geholt hatten. Darunter auch Mathis Schuberth und seine Frau, die Besitzer des kleinen Waldschlösschens. Beide waren angezogen, als kämen sie gerade aus der Oper. Der Standesdünkel war ihnen ins Gesicht geschrieben.

»Kennst du die?«, erkundigte sich Katinka, der Pauls Starren auffiel. »Ich habe mich vorhin kurz mit ihnen unterhalten, als ich an der Espressobar stand. Es sind die Vermieter von deinem Toten, Herrn Herold.«

»Ja, ja, ich weiß. Ich hatte ebenfalls schon das zweifelhafte Vergnügen. Nicht sehr sympathisch, diese Leute.«

»Findest du? Die Frau ist doch eigentlich ganz nett«, fand Katinka. »Gab sich ziemlich betrübt über das, was geschehen ist, und sagte, dass sie immer an Herold denken müsste, wenn sie bei den Hausbooten vorbeikommt.«

»Ach ja?«, stutzte Paul. »Wusste sie denn überhaupt, dass sich Herold auf einem Boot eingemietet hatte?«

Pauls Blicke blieben auf dem Paar haften – und dann passierte es: Frau Schuberth reichte ihren leeren Kelch an ihren Mann weiter, holte einen Lippenstift aus der Handtasche und zog sich die Lippen nach ... Plötzlich fielen bei Paul die Groschen: Er dachte wieder an die Lippenstiftreste am Glas – und an die große Sonnenbrille, die Frau Schuberth bei ihrer ersten Begegnung getragen und auch heute wieder auf der Nase hatte. Sollte diese etwa blaue Flecken in ihrem Gesicht verdecken? Nun erinnerte er sich auch an ihre seltsame Reaktion, als er mit ihr über Herolds Tod gesprochen hatte.

Er blieb stehen und vergegenwärtigte sich, wozu all diese Aspekte führten: nämlich zu dem Schluss, dass sie diejenige gewesen sein könnte, die sich auf Herolds Boot aufgehalten und mit ihm Wein getrunken hatte!

Fragen schossen Paul durch den Kopf: Hatte Frau Schuberth ein Verhältnis mit Herold gehabt? War ihr Mann dahintergekommen? Hatte er sie zur Rede gestellt, geschlagen – und anschließend seinen Nebenbuhler aufgesucht? War es zum Streit gekommen, in dessen Verlauf Schuberth Herold gestoßen und tödlich verletzt hatte? Und hatte er ihm anschließend das Tau ums Bein geschlungen und ihn ins Wasser geworfen, um einen Unfall vorzutäuschen? Während sich Paul all das gedanklich zurechtlegte, starrte er Schuberth offenbar so intensiv an, dass dieser es bemerkte.

»Paul? Ist alles in Ordnung?« Katinka sah ihn fragend an und wunderte sich darüber, dass er auf einmal stehen geblieben war.

»Ich bin nicht ganz sicher«, antwortete er geistesabwesend. Noch immer ruhten seine Augen auf Schuberth, der auch Paul unverwandt ansah.

Im nächsten Moment kam Bewegung in die Menge: Schuberth, der schon dicht vorm Eingang des Weidendoms gestanden hatte, verschaffte sich Platz, indem er die Nebenstehenden grob beiseitestieß. Er verließ die Reihe der Wartenden und entfernte sich rasch. Paul beobachtete, wie seine Frau mit ratloser Miene zurückblieb.

»Paul?«, sprach Katinka ihn noch einmal an. »Was ist los?«

»Später«, sagte Paul. »Bin gleich wieder da!«

Auch er ließ seine Frau stehen und eilte Schuberth nach. Dieser rannte geradewegs auf einen hinter einer Scheune gelegenen Parkplatz zu, der bis zum letzten Flecken mit den Autos der Gäste zugestellt war.

*

Katinka sah Paul hinterher, bis er zwischen all den Menschen verschwand. Was sollte das? Was hatte er plötzlich vor?

Natürlich war ihr nicht verborgen geblieben, wie abgelenkt er die letzten Minuten über gewesen war. Dass er ihr nicht mehr zuhörte und dass er geradewegs an ihr vorbeistarrte und zwei Gäste fixierte: die Schuberths. Warum? Ein feines Paar mittleren Alters, hochwertig gekleidet und die Frau ausgestattet mit teuren Accessoires wie Edelhandtasche und Markensonnenbrille. Die beiden rochen nach Geld, strahlten etwas Dekadentes aus, wirkten ansonsten aber harmlos.

Sehr wohl hatte Katinka registriert, wie unwohl sich Schuberth fühlte, kaum dass Paul ihn ins Auge gefasst hatte. Und dass er seiner Frau etwas ins Ohr flüsterte, bevor er verschwand. Diese blieb zurück, wirkte ratlos, genau wie auch Katinka.

Sie merkte, dass Nessie an der Leine zog. Da Katinka nicht die geringste Lust verspürte, hier herumzustehen und weiter darauf zu warten, in den Weidendom eingelassen zu werden, bat sie ihren Nebenmann um Entschuldigung und drängte sich an ihm vorbei in Richtung von Frau Schuberth. Als diese mitbekam, dass Katinka auf sie zusteuerte, blickte sie sich nervös um und machte Anstalten zu gehen. Katinka erhöhte ihr Tempo ohne Rücksicht auf die stoisch wartende Gottesdienstgemeinde.

»Hallo!«, rief sie der anderen Frau zu, deren Gesicht weitgehend von ihrer großen Brille verdeckt wurde. »Warten Sie, Frau Schuberth. Wir haben vorhin kurz miteinander gesprochen. Mein Name ist übrigens Blohm, ich bin die Frau von Paul Flemming. Sie kennen meinen Mann?«

Die Frau nickte verhuscht. »Ja. Herr Flemming war vor ein paar Tagen auf unserem Anwesen.«

»Wissen Sie, wo unsere Männer hinwollten? Ich hatte den Eindruck, sie wären in die gleiche Richtung gelaufen.«

»Nein!«, platzte es aus Frau Schuberth heraus. »Ich weiß gar nichts!«

Diese heftige Reaktion verstärkte Katinkas ungute Ahnung. »Ihr Mann ist vor Paul getürmt, richtig?«, fragte sie die andere nun freiheraus. Gleichzeitig zog Nessie so kräftig an der Leine, dass sie Katinka beinahe durchgegangen wäre.

Frau Schuberth erschrak, bewegte heftig den Kopf, sodass die Brille verrutschte. Deutlich konnte Katinka ihr blaues Auge erkennen, dessen Färbung selbst durch eine dicke Schminkschicht nicht überdeckt werden konnte. »Was wird hier gespielt?«, fragte sie streng. »Wo sind unsere Männer?«

*

Schuberth hielt einen Funkschlüssel nach oben und entriegelte im Rennen seinen Range Rover, dessen Blinker kurz aufleuchteten. Er riss die Tür des dunklen Wagens auf, sprang hinein.

Paul, der zunächst befürchtete, Schuberth würde mit dem Auto entkommen, erkannte, dass der andere keine Chance hatte, denn der bullige Wagen war von beiden Seiten zugeparkt. Schuberth musste seine Flucht zu Fuß fortsetzen. Doch das tat er nicht. Wie erstarrt harrte er auf dem Fahrersitz aus, die Hände aufs Steuer gelegt, den Blick stur geradeaus gerichtet.

»Sie haben es getan, Herr Schuberth«, sagte Paul, als er bei dem Range Rover ankam. »Sie haben den Liebhaber Ihrer Frau ermordet.«

Er beobachtete, wie der Beschuldigte an seinen Lippen nagte. Würde er seine Tat eingestehen und sich geschlagen geben?

»Das hat Sie nichts anzugehen«, presste Schuberth hervor. »Warum mischen Sie sich ein?« Plötzlich, wie aus dem Nichts, hielt er eine kleine Pistole in der Hand.

Paul konnte nicht beurteilen, ob es sich um eine scharfe Waffe handelte oder bloß um eine mit Platzpatronen, und wich zwei Schritte zurück.

»Ihren Autoschlüssel!« Schuberth sah ihn finster an.

»Mein Wagen steht ganz hinten, es ist kaum Benzin im Tank.«

»Machen Sie keine Faxen! Den Schlüssel! Sofort!«

Paul zog den Schlüssel seines Renault Kangoo aus der Hosentasche, woraufhin Schuberth den Rover verließ und forderte: »Werfen Sie ihn mir zu!«

Paul gehorchte und wartete mit trockener Kehle ab, was als Nächstes passieren würde.

»Wagenfarbe und Kennzeichen!«, zischte Schuberth. Paul sagte es ihm. Daraufhin sah Schuberth sich nach allen Seiten um, hob die Hand mit der Pistole und richtete die Mündung genau auf Pauls Brust. »Sie sind der Einzige, der es weiß«, sagte er mit einem zu allem entschlossenen Blick.

»Aber, Sie können doch nicht ...« Paul riss entsetzt beide Hände nach oben.

Im gleichen Moment hörte er ein Geräusch, das rasch lauter wurde: schnelle, trippelnde Schritte, ein Hecheln, schließlich ein Knurren.

Auch Schuberth bemerkte es, wandte den Kopf. Doch zu spät. Wie ein Blitz schoss Nessie auf ihn zu, setzte zum Sprung an, schnappte nach Schuberths ausgestrecktem Arm, versenkte ihre Zähne in seiner Haut.

Schuberth schrie auf. Die Pistole fiel zu Boden. Paul ließ keine Sekunde verstreichen, bückte sich nach der Waffe und richtete sie auf den Verletzten. Nessie hatte jetzt von ihm abgelassen, belauerte ihn aber weiter mit hochgezogenen Lefzen.

Epilog

»Eine Eifersuchtstat«, sagte Paul ernüchtert. »Wer hätte das gedacht?«

Inzwischen waren einige Stunden verstrichen, und statt wie üblich nach Abschluss eines Falls saßen sie nicht im *Goldenen Ritter* in Nürnberg zusammen, sondern in einem luftigen Pavillon neben dem Weidendom, mit Blick auf den See.

Angelockt von der neuesten Entwicklung waren auch Hannah, Jasmin und Viktor Blohfeld noch einmal hergekommen, denn sie wollten jedes Detail über die spektakuläre Überführung Schuberths von Paul persönlich hören.

»Noch kann ich euch nicht viel mehr erzählen, als ihr schon wisst«, bremste Paul die Erwartungen. »Schuberth hat seit der Behandlung durch einen Notarzt keine Silbe von sich gegeben. Ich nehme an, er wartet, bis er einen Anwalt gefunden hat. Seine Frau plaudert dafür umso mehr. Sie hat sowohl ihre Affäre mit Uwe Herold eingeräumt als auch den handgreiflichen Streit, den sie mit ihrem Mann deswegen hatte, nachdem er ihnen auf die Schliche gekommen war. Er erwischte die beiden nämlich in flagranti auf dem Hausboot und machte eine Szene. Dabei ging er seine Frau hart an und schlug sie ins Gesicht. Daher die blauen Flecken, die sie durch die Sonnenbrille zu kaschieren versuchte.«

»Wie ging es weiter?«, fragte Hannah vor Neugierde platzend.

»Schuberth schickte seine Frau fort und blieb mit Herold allein auf dem Boot zurück. Für alles Weitere gibt es zwar keine Zeugenaussage mehr, aber wir können uns den Verlauf ungefähr vorstellen.«

»Wenn Schuberth einen guten Verteidiger findet, plädiert er auf Totschlag, denn ein vorsätzlicher Mord an Herold wird bei einer solchen Gemengelage schwer nachzuweisen sein«, warf Katinka ein. »Dazu kommt, dass die Polizei am Tatort keinerlei Spuren gesichert hat; insofern ist es ohnehin fraglich, was man ihm überhaupt nachweisen kann.«

»Kommt auf die Überzeugungskraft des Staatsanwalts an – oder der Staatsanwältin«, merkte Jasmin an und zwinkerte Katinka anspornend zu. »Außerdem könnte man ihm Versuchten Mord an Paul anlasten. Wenn Nessie nicht gewesen wäre ...«

»Ja, ich muss meiner kleinen Beschützerin wirklich sehr, sehr dankbar sein. Gut, dass sie sich von dir losgerissen hat, Kati«, sagte Paul. »Allerdings mache ich mir auch Sorgen, weil es nun schon das zweite Mal gewesen ist, dass sie einen Menschen attackiert hat. Muss ich für sie nun doch einen Maulkorb kaufen?«

»Sie hat nur gebissen, weil sie dich bedroht sah«, stellte sich Hannah vor die Hündin. »Dass sie grundlos zuschnappt, halte ich für ziemlich unwahrscheinlich.« Sie kraulte Nessie zwischen den Ohren.

»Ich denke auch, dass sich das nicht wiederholen wird«, gab sich Katinka zuversichtlich. »Es sei denn, dir will wieder jemand an den Kragen.«

»Apropos: Was passiert jetzt eigentlich mit Raphael und seiner Bande?«, fragte Hannah. »Selbst wenn sie nichts mit dem Mord zu tun haben, ist es nicht okay, was die mit dir gemacht haben, Paul.«

»Nein, bestimmt nicht«, antwortete er. »Aber was soll

ich tun? Da ich keinen von ihnen erkannt habe, als sie mir den Sack über den Kopf zogen, könnte ich höchstens darauf drängen, dass meine Anzeige gegen Unbekannt weiter verfolgt wird, und dazu habe ich – ehrlich gesagt – keine Lust, weil das eh im Sand verlaufen würde. Du weißt ja, dass mir die hiesige Polizei wenig Hoffnung gemacht hat.«

»Hm«, machte Hannah. »Ich gebe ja zu, dass ich das anfangs auch nicht so ganz ernst genommen habe, aber inzwischen bin ich der Meinung, dass man die damit nicht einfach durchkommen lassen sollte. Zumindest diese Irina hast du doch von ihrer Wohnung bis in den Wald verfolgt, bei ihr kannst du dir also sicher sein, dass sie Mitglied der Anti-Quacksalber-Bewegung ist.«

»Aber hat sie auch nach mir getreten, als ich auf dem Boden lag?«, stellte Paul infrage. »Das würde eher nicht zu ihr passen, glaube ich.«

»Was mich noch interessieren würde ...«, setzte Blohfeld an, wurde jedoch von Jan-Patrick unterbrochen, der das Essen auftrug: gegrillten Aal im Weinblatt und Zander in Burgunder aus dem Ofen mit gebräunten Zucchini.

Jan-Patrick wäre nicht er selbst, wenn er es dabei belassen hätte, seinen Gästen die Teller vorzusetzen. Er schürzte die Lippen und erläuterte: »Der Zander ist mein Favorit. Für dieses besondere Rezept zerteilt ihr den küchenfertigen Fisch in vier bis fünf Tranchen, beträufelt diese mit dem Saft einer Zitrone, gebt trockenen Rotwein, Lorbeer, Thymian und Salz hinzu, vermengt das Ganze und lasst es drei Stunden zugedeckt im Kühlschrank marinieren. Inzwischen schält ihr einige Schalotten und schneidet sie in Streifen, ebenso wie einen Zucchino.«

»Zucchino? Gibt es das Wort wirklich im Singular?«, wunderte sich Jasmin.

»Selbst wenn: benutzt kein Mensch«, gab Blohfeld patzig zurück.

Jan-Patrick ignorierte beide. »Das Gemüse in Öl kurz und heiß anbraten, mit Salz und Pfeffer würzen und in eine feuerfeste Form geben. Darauf die Filetstücke legen, alles mit der Marinade übergießen und Semmelbrösel darüberstreuen. Ab damit in den vorgeheizten Ofen! Nach zehn Minuten träufelt ihr geschmolzene Butter über den Fisch und lasst ihn weitere zwanzig Minuten im Ofen zu Ende garen. Als Beilagen sind Bratkartoffeln die beste Wahl. Ach ja, statt des Rotweins kann es auch ein trockener Weißwein vom Main sein.«

Blohfeld haute auf den Tisch. »Das Essensthema ist jetzt nebensächlich. Es gibt noch viele Fragen in der Herold-Sache zu klären.«

»Genau!«, pflichtete Hannah ihm bei. »Was ich nicht verstehe, ist, warum Nessie Schuberth nicht schon gebissen hat, als er auf ihr altes Herrchen losging. Ich meine: Dich hat sie ja auch vor Schuberth geschützt, Paul.« Sie bückte sich, um die unter dem Tisch liegende Hündin zu tätscheln.

»Ja, das kann ich auch nicht richtig verstehen«, räumte Paul ein. »Aber ich habe eine Vermutung. Ihr erinnert euch: Bevor ich den toten Herold im Wasser treiben sah, habe ich seinen Hund aus dem See gezogen. Inzwischen weiß ich, dass Nessie alles andere als ein Labrador ist.«

»Hä?«, machte Blohfeld.

»Labradore sind bekannt dafür, dass sie Wasser lieben und in jeden Bach springen, wenn sie können«, erklärte Jasmin. »Nessie dagegen scheint eher wasserscheu zu sein.«

»Ganz genau«, meinte Paul. »Deswegen glaube ich kaum, dass sie freiwillig in den See gesprungen ist. Wahrscheinlich hat Schuberth ihr einen Tritt verpasst und sie so von Bord befördert, bevor er sich ihr Herrchen vornahm. Das arme Tier konnte also nichts tun, um sein Herrchen zu verteidigen. Sie muss dann die ganze Nacht herumgeirrt sein. Wahrscheinlich konnte sie sich zwischendurch an einem treibenden Ast oder so festkrallen, sonst hätte sie sicher nicht so lange durchgehalten.«

»Mal sehen, ob sich das bei den Verhören bestätigen lässt«, meinte Katinka.

»Ja, aber da ist noch mehr, was geklärt werden muss«, rief Blohfeld, der sicherlich jedes Detail in seiner Zeitung ausbreiten würde.

Paul wollte das nicht unterstützen, daher schob er den bis zum letzten Happen geleerten Teller beiseite, nahm sein Weinglas in die Hand und stand auf. Er entfernte sich ein paar Schritte von den anderen, die munter weiter diskutierten, und stellte sich ans Ufer.

Längst war die Sonne hinterm Horizont verschwunden, und ein feiner Dunst hatte sich über den stillen Brombachsee gelegt. Alles schien so friedlich und harmonisch. Diese Idylle passte gar nicht zu der grausigen Tat, die sich ganz in der Nähe ereignet hatte, fand Paul. Sanftmütig, harmlos und versöhnlich – so lauteten die Attribute, die er mittlerweile mit dem Fränkischen Seenland verband. Hier war kein Raum für Aufregung und Spektakel. Er atmete tief ein und ließ die Ruhe auf sich wirken. Entspannung pur.

Gerade wollte er sich wieder den anderen zuwenden, da wurde er auf eine Bewegung im Wasser aufmerksam. Zunächst glaubte er, sich getäuscht zu haben, doch dann sah er es ganz deutlich: Ein schwarz glänzender Rumpf bäumte sich im wellenlosen Gewässer auf, lang wie ein treibender Baumstamm, sich zur Mitte hin verdickend, an den Enden konisch zulaufend. Das Gebilde bewegte sich in fließenden, leicht schwingenden Bewegungen.

Paul blinzelte. Waren das etwa wieder die Taucher, die den Unterwassersack zogen? Doch er sah keine Lichter, und überhaupt wirkte die Erscheinung ungeheuer lebendig.

»Das gibt es doch nicht!«, stieß er aus.

»Was gibt es nicht?« Die Frage kam von Hannah, die plötzlich neben ihm stand.

»Da, da, da ...«, stammelte Paul und stieß mit dem Zeigefinger Löcher in die Dunkelheit. »Da hinten schwimmt Brommi! Das Seeungeheuer!«

Hannah kniff die Augen zusammen, um etwas erkennen zu können. »Da ist nichts«, sagte sie schließlich.

»Doch, ganz sicher!«, beteuerte Paul. »Eben ist es noch da gewesen.«

Hannah neigte den Kopf und schielte auf Pauls Glas. »Dein wievieltes ist das? Kann es sein, dass du Brommi mit dem Geist des Weines verwechselt hast?«

*

Als Katinka zwei Tage später ihr Büro im Trakt der Staatsanwaltschaft betrat, empfing sie ihr Assistent Tobias mit einem seltsamen Blick. Er begrüßte sie, legte ihr die Vorlagemappe auf den Tisch und wies sie auf die anstehenden Termine hin. Das Übliche also, und trotzdem kam es Katinka so vor, als hielte er mit irgendetwas hinterm Berg.

»Gibt es etwas Neues, das ich wissen sollte?«, fragte sie.

»Na ja, ich denke schon«, druckste der junge Mann herum. »Mit Frau Radatz, Richterin am OLG, sind Sie doch befreundet, oder? Sie gehen ja oft zusammen in die Kantine.«

»Mit Inge?«, wunderte sich Katinka über die seltsame Einleitung. »Ja, was ist denn mit ihr?«

Tobias hüstelte und trat verlegen von einem Bein auf das andere. »Frau Radatz wurde heute Morgen verhaftet. Aus dem Gerichtssaal abgeführt, ziemlich spektakulär. Viel weiß ich nicht, doch der Zugriff soll im Zusammenhang mit dem Tod von Rechtsanwalt Dr. Gerstner stehen.«

Danksagung

Für viele gute Tipps und Ratschläge bei der Entstehung von Paul Flemmings 17. Fall danke ich Dr. Uwe Meier, Oliver Grill, Matthias Becker, Dietlind und Peter Beinßen, Susanna und der ganzen Familie und meinem Lektor Stefan Imhof. Außerdem danke ich Christoph Günther, der den Namen »Brommi« ersann. Und Lia, unserer Hündin.

Lust aufs Weiterlesen?

Jan Beinßen
Die kopflose Braut
Paul Flemmings fünfzehnter Fall
Frankenkrimi, 191 Seiten
ISBN 978-3-7472-0214-2

Ein junges Paar hat sich gerade auf der Nürnberger Kaiserburg das Ja-Wort gegeben. Für das anschließende Fotoshooting in den romantischen Burggärten wurde Paul Flemming engagiert. Braut und Brautjungfer gehen voraus, um die schönsten Plätze auszuwählen, doch kurz darauf liegt die Braut enthauptet neben ihrer bewusstlosen Freundin. Der Mord ähnelt einem anderen Verbrechen, das Oberkommissarin Jasmin Stahl gerade bearbeitet. Im Kleid der Leiche steckt eine altertümlich anmutende Visitenkarte: »Hochachtungsvoll, Ihr ergebener Franz Schmidt«. Im frühen 17. Jahrhundert trug der städtische Henker diesen Namen. Die Polizei befürchtet, es mit einem Serientäter zu tun zu haben – ein Umstand, der auch Paul Flemmings detektivischen Spürsinn wachruft …

Jan Beinßen
Sebalds Fluch
Paul Flemmings sechzehnter Fall
Frankenkrimi, 200 Seiten
ISBN 978-3-7472-0426-9

Nur äußerst selten ist das berühmte Nürnberger Sebaldusgrab von innen zu sehen – umso aufgeregter ist Paul Flemming, dass er dabei sein kann, als Mitarbeiter des Germanischen Nationalmuseums den Schlüssel des Schreins umdrehen. Doch kurz nach der Öffnung des Grabes stirbt eine Wissenschaftlerin eines qualvollen Todes. Lag es an tödlichen Sporen, die die Gebeine des Nürnberger Stadtheiligen vor Grabräubern schützen sollten? Paul Flemming, der die Reliquien im Auftrag der Kirche fotografiert, will nicht recht an eine solche Spukgeschichte glauben und wird einmal mehr als Hobbydetektiv aktiv …

Jan Beinßen
Bärentod
Die Akte Nürnberg. Keller und Marusic ermitteln.
Frankenkrimi, 207 Seiten
ISBN 978-3-7472-0306-4

März 2000: Drama im Nürnberger Tiergarten! Vier Eisbären entkommen aus dem Gehege und laufen frei durch den Park. Besucher schlagen Alarm, Tierärzte versuchen vergebens, die Pelzriesen mit Betäubungspfeilen zu stoppen. Dann die Entscheidung: Alle vier Bären werden getötet. Die Polizei stellt schnell fest: Die Schlösser des Geheges sind geknackt worden. Bald präsentieren die Ermittler das Phantombild eines Verdächtigen. Kriminalhauptkommissar Konrad Keller wird zufällig Zeuge der Ereignisse. Gemeinsam mit seiner findigen Kollegin Tabea Marušic nimmt Keller eine heiße Spur auf. Doch dann erschüttert der heimtückische Mord an einem prominenten Unternehmer die Stadt …